Les Compagnons de l'Asphodèle

Du même auteur

Histoire des Gaulois
Les Gallo-Romains, PUF, mises à jour successives des ouvrages d'Emile Thévenot, coll. Que sais-je ? 1966 sqq.
Les Voies romaines de la Cité des Eduens, Latomus, 1969.
Le Beaunois Gallo-romain, Latomus, 1971, ouvrages posthumes d'Emile Thévenot, corrigés, complétés et mis à jour.
Le livre de Généalogie, Delville, 1984.
La vie et l'Œuvre d'Emile Thevenot, Mémoires du Centre Beaunois d'Etudes historiques, 1985.
La Bourgogne Ancienne, Delville, 1985.
Foulque III Nerra, Comte d'Anjou, CMC, Editions de la Nouvelle République, 1987, préface de Régine Pernoud.
Dans la collection « La France et ses Trésors », *Bourgogne,* Larousse, 1988.
La légende dorée des Comtes d'Anjou, Orban, 1991.
Les malheurs du curé de Montceau pendant la période révolutionnaire, Mémoires du C.B.E.H., 1992.

Chez le même éditeur

Le Forez, Robert Bouiller.
Queyras d'hier et d'aujourd'hui, Céleste Fournier.
La Cuisine en Dauphiné (3 tomes), J.J. de Corcelles.

Le cœur grimauve, Valérie Gaëlle (roman).
Jeanne de la Loire, Patrick Thinard (roman).
Les Galoches rouges, Paul Perrève (roman).
Montagnes de lumière, Marie-Geneviève Bourgeois (nouvelles).
Le moulin de la Dhuys, Jean-Pierre Veyrat (roman).

Christian Thevenot

A Madame Demetz

cette balade avec

Les Compagnons de l'Asphodèle

bien amicalement

roman

[illegible] le 22.7.95

Esperluette

Prétexte

Au pied du rebord oriental des sinistres Chaumes d'Auvenay battues en permanence par les vents et environnées de forêts hostiles, le relais de poste d'Ivry n'était en 1840 qu'une étape de la longue route de Paris à Lyon empruntée par les diligences, les malles-poste et les différents courriers royaux. La région était si peu sûre qu'une brigade de maréchaussée y tenait garnison depuis 1783, chargée d'escorter les voitures et d'assurer la sécurité. Malgré cela, les voyageurs avaient à redouter de nombreuses attaques : les Archives nationales en portent témoignage et rapportent par exemple que « *six voleurs à cheval, masqués par des bonnets à batteaux qu'ils avaient percés aux endroits des yeux, nez et bouche* » avaient attaqué la diligence près d'Ivry. Le butin important dérobé aux « *six voyageurs assis en haie* » fut estimé à 100.000 livres comprenant notamment « *deux montres d'or à double boâtte à répétition, dont l'une garnie de diamants, une épée d'argent avec la drageonne en or, quantité de sacs d'or et d'argent* ». Le chef des bandits ne manquait pas d'allure « *monté sur un cheval rouge à courte queue, habit gris-blanc aux manches doublées de taffetas bleu-turc, culottes de peau bleue à galons d'argent* ». Les voyageurs détroussés « *leur ayant remontré qu'ils les laissaient sans aucun sol pour faire leur voyage, ils auraient rompu un sac d'argent dont ils leur auraient jeté environ quarante écus en deux paquets* ».

Ces bandits avaient une tout autre distinction que leurs homologues du Grand-Ouest américain, bel argument pour en tirer un western bourguignon en 1840, surtout si parmi les voyageurs se trouvaient un nommé Alphonse de Lamartine, qui venait de publier « *Jocelyn* », et le beaunois Xavier Forneret, « L'Homme Noir », surréaliste avant l'heure qui rêvait d'installer des boîtes aux lettres dans les cimetières... Des deux on ne savait lequel était le plus fou, Alphonse, qui intriguait pour faire passer le P.L.M. par sa propriété d'Urcy en pleine montagne dijonnaise pour rallier plus vite Mâcon en laissant de côté Dijon, ou Xavier, qui ne dormait plus depuis des années que dans un cercueil ?

La maison des Sept-Têtes

Devant le relais des Sept-Têtes, à Villeneuve-le-Roi (de nos jours Villeneuve-sur-Yonne), en ce cinq mai 1840, à six heures du matin, régnait une grande animation. Le soleil était déjà levé depuis plus d'une heure et venait irradier une scène colorée : le maître de poste du relais, qui avait revêtu sa tenue de drap bleu roi boutonnée de métal blanc, et culotté de blanc, n'avait pas pris le temps de se coiffer de son chapeau français réglementaire et avait conservé son bonnet de nuit de coton blanc. De même, il avait négligé d'enfiler ses bottes et, chaussé de sabots grossiers d'où débordait la paille jaunie, il s'activait auprès de ses clients.

Il semblait fort contrarié, car la diligence auprès de laquelle il s'empressait aurait déjà dû partir depuis un bon quart d'heure, et l'on attendait toujours l'un des passagers, l'évêque de Chalon, qui n'en finissait pas de dire sa messe à l'Eglise Notre-Dame voisine. Déjà, le maître de poste avait intimé l'ordre à un avant-courrier de s'en aller prévenir son collègue de Villevallier de l'arrivée prochaine de la diligence. La malle en effet ne devait souffrir aucun retard. Dix minutes au maximum étaient prévues pour relayer à chaque étape. L'avant-courrier avait disparu depuis un bon moment dans la poussière dorée de la Porte de Bourgogne, que l'on attendait encore le prélat.

L'ensemble des passagers avait dormi au Relais des Sept-Têtes ; il tenait son nom des sept chimères grimaçantes qui surmontaient le porche et ornaient la façade. Certains voyageurs avaient déjà pris place dans la malle-poste. Six chevaux étaient attelés, piaffant et crottant à souhait, maintenus en ordre par un postillon rutilant qui tenait aux mors le cheval de tête, à gauche : il semblait fixé au sol par ses énormes bottes lustrées noires ; son chapeau haut-de-forme en cuir verni d'où s'échappaient des cheveux tressés et rubannés, une veste de drap bleu au collet, revers, parements et retroussis de drap rouge, aux boutons de métal blanc, un charivari* de peau jaune lui donnaient fière allure. Un large écusson ovalaire en métal blanc armorié, ceignait son bras gauche, où l'on pouvait lire : « Villeneuve-le-Roi » et, en dessous : « N° 3 ».

Accoudée au balcon de fer forgé, la tenancière observait d'un air goguenard les allées et venues des voyageurs et des domestiques. Sa face rubiconde aux joues gercées, au sourire moqueur, ne deparaissait pas au milieu des chimères de la façade. Son regard se portait sur un passager, revêtu d'une houppelande de laine grise. Celui-ci serrait précieusement dans sa poigne une mallette et devisait avec un autre postillon, étiqueté « No 4 », qui s'apprêtait à prendre place sur le dos du dernier cheval de gauche, au plus près de la caisse et en vérifiait les sangles :

– Pourquoi ces énormes bottes, surtout en cette saison, vous ne devez pas craindre d'avoir froid ?

– C'est que, lui répondit le postillon, nous devons nous préserver de toute sorte de chocs, en particulier, contre l'écrasement de nos jambes contre les timons, ou contre le ventre des chevaux, lorsque nous les montons directement.

– Nos bottes nous servent aussi à y ranger nombre d'outils, à commencer par le fouet, tenez, ajouta-t-il en riant et en enfilant dans sa vaste botte le manche de son fouet, ainsi nous avons les mains libres.

– Ou bien encore, pour avoir à portée de main de quoi nous défendre. Regardez par exemple ce petit mousqueton, dit-il en s'emparant d'un objet dissimulé sous la banquette, quand nous traversons une zone dangereuse, je peux engager comme ceci le canon dans ma botte droite et replier le manche le long de ma jambe, à l'extérieur.

Le voyageur examina soigneusement ce mousqueton cuivré et fit jouer à plusieurs reprises l'articulation de cet ingénieux système. Il ne connaissait pas cette variété d'arme et en fut tout surpris. Il faut dire qu'il était originaire de Dôle, où il était Receveur de l'Enregistrement, et n'avait jusqu'à présent que peu circulé. Il s'appelait Pierre-Just Joly et voyageait avec sa femme sur la banquette de la malle-poste, aux côtés du conducteur des Messageries. Ancien Receveur des Salines du Saulnot, près de Salins, il était âgé de 68 ans et ses traits burinés étaient empreints de l'austère sévérité que donne la pratique soutenue des colonnes de chiffres alignés en une stricte ordonnance. De fait, ses fonctions lui avaient permis d'arrondir au fil des ans une fortune impressionnante que venaient encore accroître les intérêts des prêts au long terme à de nombreux représentants de la bourgeoisie doloise. Il ne faisait là que prendre une revanche sur la détresse financière dans laquelle son père Abraham Joly avait laissé sa famille, après une vie de soldat consacrée à la défense du Roi, en tant qu'Officier des Grenadiers royaux. La principale action d'éclat de ce dernier, relatée dans le Livre de Raison que tenait à jour Pierre Joly, avait consisté, au siège de Prague, à abandonner son cheval en nourriture à ses hommes affamés. L'épouse de Pierre Joly, Marguerite, petite femme discrète et ratatinée, attendait repliée sur elle-même le départ de la diligence ; assise sur la banquette de la malle-poste, elle avait enfoui frileusement les mains dans son manchon de renard fauve.

Aux marches du coupé, sorte de cabine aménagée dans la partie antérieure de la malle-poste et ne comportant que trois places assises, deux personnages haut en couleur discutaient avec animation : l'un d'eux, de grande taille, tout habillé de noir, cravaté de blanc, chapeau noir à larges bords, au visage en lame de couteau, lorgnon en sautoir, canne d'ivoire à pomme d'or à la main, n'était autre que « l'Homme Noir », Xavier Forneret, qui avait étonné le public dijonnais trois ans auparavant en présentant sa pièce, « l'Homme Noir », représentation précédée d'une campagne d'affiches monstre, et de la lente promenade dans les rues de Dijon d'un mannequin noir, revêtu de panneaux publicitaires, ce qui constituait un mode de promotion littéraire assez inhabituel. La représentation qui avait commencé dans un murmure, vite transformé en un ronflement de ruche en colère, s'était, selon « Le Journal » de Dijon, achevée dans *« un effroyable tapage de sifflets, flageolets et crécelles »*. Au troisième acte, le directeur, pour calmer le tumulte, avait fait hisser le lustre du théâtre, et laissé les spectateurs dans l'obscurité la plus complète. *« M. Forneret se dressant devant son fauteuil, au premier rang, prit un air furieux, se couvrit même en présence des acteurs, et s'éloigna d'un pas digne et majestueux, en jetant des regards de mépris sur les spectateurs. »*

M. Forneret était un précurseur, le premier des surréalistes, en fait, et son sujet arrivait bien trop tôt, dans la douillette France de 1837.

Les inextricables et macabres aventures du marquis de Rujio et ses transports amoureux délirants avec Benita, et surtout la lente agonie en scène de « l'Homme Noir » avaient hérissé les paisibles dijonnais.

La mort, en effet, hantait littéralement Xavier Forneret, qui surveillait l'amarrage sur le toit de la diligence d'un cercueil de chêne au bois poli que des valets cerclaient à l'aide de sangles de cuir. Ce cercueil ne le quittait plus depuis des années, et il y passait toutes ses nuits, même lorsqu'il était chez lui à Beaune.

Son interlocuteur, Alphonse de Lamartine, regardait avec amusement ces préparatifs, tout en serrant dans sa main une écritoire de voyage aux belles couleurs de fruitier blond. Il en avait extrait un feuillet qu'il tentait en vain de soumettre à son compère en littérature. Préoccupé par les projets des responsables du P.L.M., qui étaient à l'état d'épures, il s'était mis en tête de solliciter le passage de la future ligne de chemin de fer aux portes de sa résidence de Montculot, en pleine montagne dijonnaise, à 500 mètres d'altitude, largement au-dessus de la plaine de la Saône, et rédigeait pétition sur pétition dans ce sens, quand il ne sollicitait pas ses amis et connaisssances pour qu'ils souscrivent à ses œuvres qu'il éditait lui-même... Pour lui, le P.L.M. était avant tout le Paris-Mâcon, peu lui importaient Dijon ou les autres villes desservies ! L'essentiel était que le chemin de fer lui permît de se rendre le plus directement possible de sa rue parisienne de l'Université à Milly auprès de ses vignes.

Aux fenêtres de l'intérieur de la malle apparaissaient les figures de paisibles voyageurs, qui contrastaient singulièrement avec ces deux héros de littérature. Six passagers avaient déjà pris place, qui attendaient patiemment le départ, en silence, regardant avec étonnement ces deux illustres compagnons de voyage que le hasard leur avait donnés.

Ils furent interrompus dans leur contemplation par l'arrivée tonitruante de l'évêque de Chalon, ventripotent, frangé de violet, à la croix pectorale tressautant sur sa large ceinture. Le personnage s'empressait d'un pas rapide qui animait curieusement au vent qu'il déplaçait les douze glands chamarrés de sa coiffe en galette noire et ceux de sa ceinture ;

– Mes chers amis, je suis désolé de vous avoir fait attendre, vite montons en voiture et il s'engouffra dans le coupé, exhibant au passage ses bas violets et ses escarpins vernis à boucles d'argent en escaladant prestement les marches du coupé, haut situé au dessus du train des roues avant. Alphonse et Xavier le suivirent aussitôt, tandis que la voiture démarrait aux claquements secs des fouets des postillons, le premier chevauchant le cheval de volée, le second le cheval de queue, sans plus se soucier de trois autres voyageurs, deux hommes et une femme, surpris par ce départ brutal qui s'agrippèrent aux poignées de la rotonde, et n'eurent que le temps de réagir pour ne pas rester sur la chaussée.

– Hue, donque...Hue, donque..., répétait le postillon de volée, entraînant tout l'attelage, stimulé aussi par les claquements secs des fouets.

Déjà, le lourd véhicule avait pris de la vitesse et c'est à un trot soutenu que l'équipage s'engouffra sous l'ogive de la porte de Bourgogne, flanquée de ses deux tours pointues. Au passage, le contenu indéterminé d'un broc vint s'esclaffer sur le couvercle du cercueil de Xavier, rejaillissant sur les piétons, qui se mirent à insulter le convoi, monstrueuse caisse endiablée, insensible aux injures. Au-delà de la massive porte, la campagne icaunaise paradait dans tous ses atours de printemps : les lilas mauves et blancs, les pêchers aux fleurs veloutées, les premières touffes de genêts or, et les buissons de cytises orangés bordaient le chemin. La diligence avait pris une allure rapide et l'attelage était maintenant lancé à un grand trot, fouaillé par les cris des postillons, les sons stridents de la trompe du conducteur, et le claquement des fouets. La massive caisse jaune et noire oscillait sur ses ressorts, tressautait aux cahots de la route qui menait à Villevallier, tanguant dangereusement dans les virages en dévers.

Non loin de là, sur la droite, une longue rangée de hauts peupliers frissonnants signalaient le cours de l'Yonne sur laquelle, on voyait défiler des plates surchargées, lourdement enfoncées dans l'eau. L'endroit s'appelait d'ailleurs « Le Port ».

Dans le coupé, où avaient pris place l'évêque, l'Homme Noir et Alphonse de Lamartine, la conversation s'était vite engagée et l'évêque n'était pas en reste :

– Tenez, pour me faire pardonner, je vais vous raconter une devinette que vient de me poser le chanoine de Villeneuve : quels sont, à votre avis, les deux principaux dangers que doit craindre un pèlerin de Saint-Jacques-de-Compostelle ? fit-il avec une lueur égrillarde dans les yeux.

Devant les visages interrogateurs de ses deux compagnons de voyage qui avouaient leur ignorance, il reprit :

– Eh bien, c'est très simple, et je compte l'enseigner à tous mes fidèles : dans ces montagnes sauvages des Pyrénées, où il y a tant de dangers à redouter, les deux principaux pour les pèlerins sont le derrière des mules à cause de leurs sabots, et le devant des femmes à cause de ce que vous savez....

Alphonse rougit violemment, car il se sentait visé, lui qui se débattait encore dans les méandres compliqués d'un gynécée inextricable, tandis que Xavier éclatait franchement de rire ; ce dernier, fouillant dans une mallette de voyage, en extirpa un flacon de bourgogne, un tire-bouchon, et trois gobelets d'argent.

– C'est du vin de ma vigne de Montremenot, annonça-t-il fièrement, vous m'en direz des nouvelles.

Et les trois compères entreprirent de faire un sort à cette vénérable flasque.

Derrière le coupé réservé aux voyageurs de qualité, l'intérieur de la diligence abritait une tout autre clientèle.

Tandis que le convoi traversait en trombe le petit village d'Armeau, soulevant un nuage de poussière et faisant jaillir de sous ses roues une floppée de poules caquetantes de colère, l'un des six passagers de l'intérieur, qui s'était présenté comme le prévôt de Louhans, attira l'attention de ses compagnons sur un petit château qui dominait le coteau au-dessus du village.

– Voyez-vous cette demeure, là-haut sur le coteau ? Elle a appartenu à Benigne Dauvergne de Saint-Mars, qui fut le geôlier du célèbre Masque-de-Fer. Elle est désormais à Monsieur le Comte de Champloste, qui est l'un de mes amis...

Sa remarque ne souleva pas le moindre intérêt parmi les autres voyageurs. Aussi, le prévôt en question, Louis de Frémont, se replongea-t-il tout confus, dans la lecture d'un vieil ouvrage, superbement relié en veau, le « Traité de la Police générale des villes, bourgs et paroisses ». La lecture semblait l'absorber complètement. Malheureusement les cahots brutaux de la route et les ressauts inopinés de la cabine la rendaient des plus malaisée, et après une secousse un peu plus violente que les autres, l'ouvrage faillit lui échapper des mains.

Sur la même banquette, une bonne grosse fille, aux joues couleur pomme d'api, et à la poitrine rebondie, qui observait le prévôt depuis un moment, ne put s'empêcher de pouffer, vite réprimée par son compagnon, qui d'une main lui enserra vivement le genou. Mais ce fut plus fort qu'elle, le fou-rire l'avait gagnée, et elle explosa d'un rire fusant, faisant tressauter ses seins généreux, qui étaient d'ailleurs toute sa raison d'être : elle était nourrice de son métier, et sa mission accomplie auprès d'un petit parisien, elle rejoignait maintenant Lyon, où un autre contrat l'attendait. Elles étaient ainsi nombreuses, originaires du Morvan, à placer leurs propres enfants en nourrice dès l'accouchement et à proposer leurs services aux riches familles parisiennes ou lyonnaises, tant que la bonne nature entretenait leur lactation. Et la réputation des morvandelles n'était plus à faire dans ce domaine. Elles se substituaient aux fragiles mères de familles de la Plaine-Monceau à Paris ou de la Place des Brotteaux à Lyon, et remplaçaient auprès de leurs nourrissons les délicates bourgeoises urbaines aux précieuses tétines, qui se souciaient peu de mettre leurs devantures à contribution, fût-ce pour nourrir leur propres rejetons.

Ces nourrices morvandelles, logées, nourries, grassement rémunérées, se constituaient peu à peu de véritables pécules, avec lesquels elles revenaient au pays, se faisant construire des « maisons de lait » superbes, en beaux moellons de granit appareillés, et coiffées d'ardoises bien alignées : ces demeures tranchaient singulièrement avec les chaumières distorses et couvertes de chaumes de leurs parents. Souvent, elles réussissaient à emmener leurs maris, ou leurs amants, qui trouvaient une place comme jardinier, homme-à-tout-faire, cocher, dans la famille considérée, quand ils ne se chargeaient pas de la patronne quelque peu délaissée par son banquier ou son administrateur de mari... Lucile et Jeannot, c'est ainsi qu'ils se présentèrent, respiraient une joie de vivre intense, et semblaient très attachés l'un à l'autre.

Sur la banquette qui leur faisait face, trois autres voyageurs avaient pris place, mis en joie par la malice communicative de Lucile. Le premier, accoudé à la portière, boutonné de serge grise, cravaté de blanc, aux traits patriarcaux, visage creusé de rides, sourcils blancs et larges volutes de cheveux blancs encadrant un visage tanné, se mit lui aussi à rire à l'unisson de Lucile, et se présenta comme le chef de la Communauté de Pervy. Tous ouvrirent de grands yeux à cette annonce, car ils n'avaient jamais entendu parler de ce groupe. Il expliqua qu'il s'agissait d'une « communauté » agricole aux confins du Morvan, près de Cuzy, où tout était véritablement mis en commun, terres, bétail, matériel d'exploitation, mobilier, vêtements, meubles, chapelle, et où rien n'appartenait en propre aux membres de la Communauté. Par contre, celle-ci prenait en charge l'éducation des jeunes enfants, les soins médicaux et l'assistance aux vieillards. Quand une femme quittait la communauté, on lui allouait une dot. A l'inverse, l'étrangère qui épousait un membre de la communauté devait acquitter une sorte de droit d'entrée. Ils étaient ainsi vingt-trois à se répartir les charges et les tâches, selon une coutume qui remontait à trois cent ans et ils s'en trouvaient très heureux. Le dimanche, la moitié de la communauté assitait à la messe, l'autre moitié aux vêpres, et inversement le dimanche suivant. Les fêtes, distractions étaient prises en commun, et la pureté des mœurs s'en ressentait vivement, à l'abri des tentations de la ville ou de besoins inutiles.

Aux côtés de ce patriarche qui inspirait le respect, sur la même banquette se tenaient un voiturier-d'eau au cou enserré dans un foulard rouge vif, qui revenait de Paris, sa livraison de bois effectuée, et une sorte de prophète, qui s'avéra être par la suite un guérisseur ambulant.

Aux cris des postillons, « Hô, hô, hôlà... », le brusque freinage du convoi jeta les passagers les uns contre les autres, tandis que cessait progressivement le bruit des grelots. On arrivait au relais de Villevallier, distant de huit kilomètres de Villeneuve-le-Roi.

Les passagers s'empressèrent de mettre pied à terre, tandis que la manœuvre du relayage s'opérait rapidement. Le règlement de la poste aux chevaux prescrivait que le maître de poste n'avait que dix minutes pour remplacer l'attelage de jour et un quart d'heure la nuit. Un registre de réclamations était à la disposition des voyageurs pour y consigner leurs remarques et plaintes, et la plupart des réclamations portaient d'ailleurs sur les délais de relayage. D'où la nécessité de l'avant-courrier que chaque maître-de-poste devait envoyer au relais suivant, dès l'arrivée de la diligence pour prévenir le relais à venir d'avoir à préparer un attelage de rechange.

L'attelage, tout harnaché de six chevaux sous leurs traits de cuir et boucles de métal, attendait paisiblement à l'ombre fraîche d'un noyer, sur la place devant la maison de poste, brides, muserolles et sous-ventrières soigneusement ajustées. Un valet d'écurie amena l'ensemble docile par le mors auprès de la malle, tandis que que les deux postillons de Villeneuve, oscillant dans leurs bottes de sept lieues, s'affairaient à détacher leurs bêtes couvertes de sueur, qui venaient d'accomplir le relais au grand trot. D'autres valets, munis de bourres de paille fraîche commençaient déjà de bouchonner ces puissants animaux, dont les regards brillants et la respiration forte entrecoupée de hennissements sonores exprimaient bruyamment l'effort qu'ils venaient de produire. Après quelques heures de repos dans les écuries du relais, ils rentreraient tranquillement à leur relais d'attache, la Maison-des-Sept-Têtes à Villeneuve, conduits au pas de promenade par leurs postillons habituels, à moins qu'ils ne soient sollicités pour un autre convoi en sens inverse.

Les escargots de Bassou

L'œil rivé sur l'énorme montre de carosse en cuivre poli accrochée au montant de la banquette, le conducteur, qui avait entrouvert sa veste verte, surveillait attentivement la manœuvre. De lui dépendait la sécurité de l'attelage, dont il avait à rendre compte à sa compagnie – *Lafitte et Caillard* – , sur laquelle les messieurs de Paris ne plaisantaient guère...

Il s'impatientait quelque peu, car un autre attelage, composé de quatre chevaux piaffants attendait lui aussi, et ne pouvait être destiné à un autre convoi que la malle-poste, celle-ci ayant priorité absolue sur tous les autres moyens de transport. Le sacro-saint service du Courrier et des Dépêches gouvernementales passait avant tout. Alors que les diligences mettaient facilement cinq jours pour rallier Paris à Dijon, la malle-poste quotidienne, dans son incessant galop, ne demandait que 48 heures pour le même trajet.

De fait, alors que Lucile, prise d'un besoin pressant, exhibait deux rotondités parfaites et rebondies derrière le tronc d'un noyer, la malle fit irruption sur la place, annoncée par des sons de trompes tonitruants. Sous les regards intéressés des enfants accourus, le relayage s'opéra à toute vitesse, alors que le maître de poste muni de sa clef récupérait le courrier qui lui était destiné dans le coffre-à-correspondance, fixé à l'arrière de la malle. La malle-poste elle-même était un véhicule léger, composé d'une cabine capotée basse, où pouvaient prendre place deux ou trois voyageurs de qualité ou particulièrement pressés, souvent des représentants officiels du royaume.

La malle repartit la première, dans un concert de grelots et de trompes, et prit aussitôt le galop, suivie peu après de notre diligence qui s'ébranla plus lentement, ses quatre tonnes en charge ne l'autorisant pas à autant de célérité que la malle-poste. Celle-ci disparut d'ailleurs rapidement dans le lointain, au milieu d'un nuage de pousssière qui allait décroissant.

Dans la diligence, qui avait retrouvé son trot soutenu, les conversations avaient repris, tandis que l'Yonne, toujours présente sur la droite de la route offrait ses beaux méandres brillants. Au-delà du cours d'eau, sur un promontoire, on apercevait les ruines du château de Vanguillain, qui avaient été longtemps la demeure des archevêques de Sens, confia le conducteur à Pierre Joly.

Puis, le convoi lancé à pleine vitesse traversa le bourg de Villecien et manqua heurter un lourd charroi traîné par de pesants bœufs amorçant la traversée du chemin, en plein village. Les sons de trompe répétés du conducteur firent prendre conscience de son imprudence au paysan, qui n'eut que le temps d'aiguillonner ses bêtes dans l'autre sens, mais n'en poussa pas moins une série de jurons bien appuyés à l'adresse du convoi.

Aux dernières maisons du village, la campagne reprenait ses droits : herbages où paissaient des vaches paisibles, prés en pente, où s'accrochaient chèvres brunes et brebis blanches, alternaient avec de modestes champs tout en longueur, étirés le long du chemin, qui voyaient pointer les promesses encore vertes de blé, d'orge et d'avoine.

Une brusque rumeur, perçue malgré le vacarme du convoi mit tout le monde aux fenêtres : un dais de procession, vaste toiture dorée, aux voiles gonflées et palpitantes, semblait osciller au-dessus d'un chemin creux bordé de ses aubépines en fleurs, tel un vaisseau de légende. Déjà, un enfant de chœur, diablotin à la robe rouge surplissée de blanc, avait pris possession de la route, balançant avec énergie un encensoir qui laissait échapper à chaque coup des volutes de fumée bleue. Le convoi dut stopper, brisant l'élan des bêtes haletantes.

Lucile et Jeannot en profitèrent pour sauter lestement sur la chaussée pour admirer de plus près la procession.

Les chants rythmés et sonores, ponctués de retentissants Ave, Ave Maria, s'élevaient de la masse hétéréroclite des fidèles qui émergeaient peu à peu des buissons. Bien à l'abri du dais, le prêtre, caparaçonné de ses ornements dorés et tenant avec componction une statuette multicolore de la Vierge, avançait à pas précautionneux, le regard inspiré.

De chaque côté du dais empanaché à ses quatre angles de plumes d'autruche, de graves fabriciens engoncés dans leurs coutils noirs et raides, serraient à pleine main les quatre bâtons du dais. D'autres tenaient avec beaucoup de solennité les cordelières à pompons qui descendaient des angles du dais.

Derrière venait le chœur des vierges, piaillant avec application. L'une d'entre elles, solide payse, tenait fermement la bannière bleu ciel de la Vierge gonflée par le vent telle une voile de goélette, assistée de deux autres gamines qui maintenaient les haubans latéraux.

Approchait ensuite une sorte de hoberau hautain, à la coiffe chamarrée et emplumée, au justaucorps sanglé, épée au côté, sans doute le châtelain du voisinage, isolé, solitaire et superbe, enfermé dans ses pensées.

Il précédait un long convoi de femmes âgées, de matrones et de mères de famille qui constituaient le gros de la troupe et le chœur le plus bruyant. Des sonorités basses et éraillées s'en échappaient, illustrées par des dentures médiévales. Mais le rythme y était, bien entraînant, et c'était l'essentiel.

Après quoi, un groupe restreint de mâles rigolards, précédé par un garçon agrippé à la hampe de la bannière grenat de Saint-Joseph, fermait la procession, qui défila ainsi sans se presser devant la diligence immobilisée en pleine route, sous les regards irrités des postillons et du conducteur.

Alors que la procession s'apprêtait à disparaître sur le bas-côté droit du chemin, le dernier des hommes à la face inquiétante de Quasimodo s'approcha des fenêtres du coupé ; il portait en bandoulière une petite boîte métallique, qu'il entrouvrit, et dont il extirpa en la tenant par la queue, pour l'offrir aux passagers, une vipère vivante. Il n'eut pas le temps d'achever son geste, la lanière du fouet du conducteur vint le giffler cruellement, et il s'enfuit, abandonnant sa bête immonde sur la chaussée.

– Vade retro Satanas, murmura l'évêque malgré lui, tandis que l'Homme Noir souriait d'un air entendu. Dans la « montagne » de Beaune, où il se réfugiait souvent, près de ses clos de vignes, il connaissait bien ces chasseurs de vipères que la municipalité employait et rémunérait pour chaque tête présentée, et les imprécations de l'évêque lui semblaient dérisoires.

Le convoi reprit sa route avec vigueur, croisant au passage un attelage « haut-le-pied » qui revenait de Joigny en flânant. Chaque animal, comme mesurant sa peine et peu pressé de rentrer au bercail, posait délicatement et pompeusement ses sabots sur la chaussée, au rythme lent de pas qui faisaient osciller des croupes musclées et détendues. De leurs manches de fouet devenus inutiles, lanières bien enroulées, les deux postillons qui les accompagnaient, saluèrent leurs collègues au passage.

Dans la rotonde, sorte de cabine en plein vent, simplement capotée d'une toile cirée, accolée à l'arrière de la diligence, trois autres passagers prenaient plaisir à voir défiler le paysage fleuri des bords de l'Yonne. Il y avait là un « gentilhomme verrier » et sa jeune épouse qui regagnaient Le Creusot, ainsi qu'un « agent voyer » de Beaune qui revenait de Paris, après avoir essayé de demander justice auprès du Ministère des misères que la municipalité de Beaune lui faisait. La modicité de leurs tenues, aux draps de toiles grises, et leurs humbles bagages d'osier fermés d'une baguette de coudrier, disaient assez le niveau de leurs ressources.

Neuf ans auparavant, la Cristallerie de la Reine Marie-Antoinette, installée au Creusot, avait dû fermer ses portes et après deux ans de tergiversations, avait été rachetée par les Lorrains de Baccarat. La plupart des maîtres verriers avaient accepté de suivre leurs nouveaux employeurs, mais pour Sylvestre Chaudelot, dont le vent fouettait le visage dans la rotonde, c'eût été un véritable crève-cœur d'abandonner sa famille sur place, et il avait décidé, confiant dans son savoir-faire, de relancer une entreprise de verrerie, dans les faubourgs du Creusot. Son idée était de créer et de produire des modèles de cristaux simples et robustes, avec un minimum de taillerie, destinés à la clientèle bourgeoise des environs, gros propritaires terriens, marchands de bestiaux, maîtres-de-chaix, notaires, apothicaires. Son plan était ingénieux, et il avait réussi à intéresser à ses projets un banquier parisien, qui lui avait remis une lettre de crédit important sur un établissement chalonnais. Son épouse, blottie contre lui, le nez rougi par la brise, souriait aux anges, dans sa coiffe bleu pâle, bien serrée au menton.

Quant à l'agent voyer, Denis Quinard, superbe octogénaire chenu, au visage encadré de blanc, sa belle barbe étalée sur son gilet noir barré d'une chaîne de montre en sautoir, il avait tenté sans grand succès d'intéresser ses compagnons de rotonde à ses démêlés avec la mairie de Beaune qui l'avait remercié quelque trente-cinq ans auparavant pour incompétence notoire. On prétendait même que, tel l'architecte de Flaubert, il avait oublié l'escalier dans l'une de ses constructions municipales... Puis, la même mairie lui avait demandé de reprendre du service devant l'impossibilité de lui trouver un successeur « intelligent et expérimenté », comme le précisait la note de service de la municipalité. Mais il avait été repris par la Ville aux mêmes émoluments qu'auparavant, c'est à dire à 150 F, émoluments que percevaient déjà son grand-père et son père, et cela malgré les dévaluations successives de l'époque révolutionnaire... Finalement licencié une deuxième fois pour avoir proposé un alignement qui favorisait la maison du citoyen Gueneau par rapport à celle du citoyen Guinet, il dut reconnaître avoir auparavant largement festoyé avec le premier. Durant quarante ans, Guinard s'était alors battu pour obtenir une pension de la ville qui venait enfin, alors qu'il avait 78 ans, de lui accorder une pension de 150 F !, chiffre auquel décidément le famille Quinard était vouée.

Le brusque changement de tonalité du roulement de la malle emplit brutalement l'intérieur de la voiture d'un fracas aigu qui mit toutes les têtes aux fenêtres, annonçant l'arrivée à Joigny. On entrait dans l'antique cité des Maillotins par la Porte du Bois flanquée de ses deux tours rondes massives où s'abritait le guet. Une population active, richement chamarrée, s'affairait dans les rues bordées de belles maisons aux façades à colombages et aux piliers de bois sculptés. Des marchands en cottes de velours devisaient calmement sur le pas de leurs échoppes, ou attablés face à des pichets derrière les fenêtres basses des auberges, largement ouvertes sur la rue. Des charrois encombrants véhiculaient des barriques et des tonneaux vides, contraignant le conducteur et les cochers de la diligence à de savantes manœuvres, car on lisait dans le regard des bouviers une sourde détermination à ne pas laisser la passage facilement, confiants dans la puissance tranquille de leurs bœufs aux fronts obstinés.

L'ensemble de la ville donnait une impression de richesse et d'opulence paisible que le relais de la place du Pilori ne démentait pas : le maître de poste ne daigna même pas paraître. Seuls des valets et garçons d'écurie méprisants s'activèrent autour de la caisse, sans un regard pour les voyageurs, ce qui déplut fort à Alphonse qui griffonna quelques notes dans un petit carnet de moleskine noire qu'il avait extirpé de son gilet. L'Homme noir put voir qu'il n'écrivait pas des vers, mais ne put déchiffrer ce que la longue écriture fine et penchée du poète avait consigné.

Le relais s'effectua rapidement, et les voyageurs eurent à peine le temps de voir l'Yonne, que la diligence traversait déjà au grand trot, et où de nombreuses plates évoluaient, qu'ils étaient déjà en pleine campagne en direction de Bassou, la prochaine étape. La route était rectiligne, filant entre deux rangées de houblons, qui alternaient avec des rangs de ceps. En connaisseurs, aussi bien Alphonse que Xavier, tous deux richement pourvus en vignobles, critiquaient les pratiques des vignerons de Joigny : les vignes étaient mal tenues, les herbes folles envahissaient les rangées, les plants mal assujettis frémissaient au vent, les alignements des ceps étaient approximatifs et mal drainés. Et surtout, ce qui les choquait, c'est qu'aucun clos ne venait délimiter avec précision ces vignobles qui jouxtaient la route et dont les plants proches disparaissaient sous une poussière blanche : à coup sûr, de telles vignes étaient vouées à la mort prochaine et ne pouvaient donner que de la piquette, en quoi nos deux compères ne se trompaient guère. L'Homme Noir apprit d'ailleurs au poète que ces vignobles étaient tellement riches en silex que périodiquement les vignerons du coin étaient obligés d'« engraisser » leur terroir avec de la glaise qu'ils prélevaient dans des trous d'eau dans les bois environnants, et que cette glaise leur collait tellement aux sabots et à leurs « enveloppes » qu'ils avaient reçu le surnom de « pieds jaunes ». Cela fit bien rire Alphonse qui n'avait pas de tels soucis à Saint-Point.

– Mon cher, proposa-t-il, je suggère que nous nous arrêtions à Bassou pour y goûter un plat dont vous me direz des nouvelles : je connais bien ce relais depuis que je pratique cette route, l'aubergiste y prépare une succulente « beurrée » d'escargots qui pullulent dans ces misérables vignes. C'est une tradition de ce relais qui remonte déjà à 1750, les gamins du village apportent tous les jours à l'auberge de pleins paniers d'escargots que le chef accommode au four avec une préparation à base de beurre, d'ail et de persil.

Ce qu'Alphonse ne savait pas, c'est que cette tradition allait perdurer et s'intensifier au point qu'une véritable industrie s'installa plus tard à Bassou, promue alors au rang de capitale de l'escargot de Bourgogne.

Le long de la rue principale du village, le relais se signalait par une enseigne en fer forgé reproduisant ce gastéropode, oscillant aux vents de la rue. Alphonse, qui avait convaincu Xavier et l'évêque, entraînèrent les autres voyageurs dans la salle de l'auberge. Dans sa précipitation à descendre de voiture, Alphonse manqua une marche et s'étala sur la chaussée où il resta cloué par la douleur, portant la main à sa cheville droite qui enfla rapidement. Relevé par ses compagnons, il fut transporté boitillant à l'intérieur du relais. Le maître de poste accourut, le fit asseoir dans un fauteuil bas et c'est là qu'intervint le mystérieux voyageur à tête de prophète qui s'était peu manifesté jusqu'à présent. Déchaussant avec précaution l'auguste pied du poète, il l'examina avec attention, puis manipula la cheville sans mot dire avec une extrême douceur. Toute l'assistance avait les yeux rivés sur lui et retenait son souffle : durant trois longues minutes, il effectua des massages de l'auguste cheville, s'arrêtant parfois en route pour vriller de son index un point particulièrement sensible qui arrachait des gémissements au poète. Ensuite, quasi religieusement, il extirpa de sa sacoche un flacon de verre au bouchon d'argent qu'il dévissa avec componction. Il en versa dans le creux de sa main quelques gouttes odorantes de couleur gris bleuté avec lesquelles il reprit cette fois-ci des massages circulaires qui allaient du bas en haut de la cheville. Puis, il annonça à Alphonse :

– Vous pouvez marcher maintenant. Le baume de Jérusalem, il n'y rien de tel pour les bouffissures...

Précautionneusement, le maître posa le pied, puis s'appuya progressivement en restant sur place. Déjà, le guérisseur lui avait tourné le dos et s'approchait de la cheminée où dans une brandilloire mitonnait une odorante soupe de choux et de saucisses qui embaumait toute la pièce. Devant cette brandilloire, un tournebroche gigantesque au mécanisme grinçant tournait lentement, exposant aux flammes sa broche chargée de viandes. Volailles, pigeons et gibier semblaient dire à la clientèle : « choisissez... » Alphonse, alléché, osa alors un pas, puis un second, et émerveillé claironna :

– Mais je ne souffre plus, c'est magique, quel est votre secret, je vous engage pour Saint-Point, je ferai votre fortune..., comment puis-je vous remercier, cher Monsieur ?

– Oh, mais tout simplement, en me conviant à partager votre poêllée d'escargots

– Mais avec joie, répartit le grand homme, venez à ma table, holà ! aubergiste, approchez et régalez nous de votre beurrée...et j'invite tout le monde, ajouta-t-il, en englobant d'un geste large toute la voiturée, et vous aussi, conducteur, et vous aussi, cochers.

Et c'est ainsi que la totalité de l'assemblée se retrouva attablée autour de trois tables placées en équerre, attendant avec impatience que l'aubergiste et ses filles de salles préparent le repas. Alphonse, malgré les dettes qui le poursuivaient, était généreux, mais Xavier, l'Homme Noir, ne l'était pas moins et à son tour, il annonça qu'il offrait à boire à tout le monde en l'honneur du grand homme. Des cris de joie accueillirent ces propositions, et l'évêque eut à peine le temps de murmurer un *« benedicite »* que tous étaient déjà en train d'honorer les cruchons de vin et de cidre frais que l'aubergiste avait réparti sur les tablées.

– Savez-vous au moins, l'évêque à quoi sert le benedicite ? apostropha, railleur, l'Homme Noir.

– Eh bien, à remercier Dieu des bonnes choses qu'Il nous offre dans sa grande bonté...

– Pas du tout, riposta Xavier, le benedicite a une utilité bien précise.

– Eh laquelle donc, mon frère ?

– Tout simplement, le benedicite correspond au temps exact que le pain met à tremper dans la soupe, le temps de le réciter et la soupe est bonne à consommer...

Vexé, l'évêque se renfrogna, tandis que toute l'assistance, amusée, s'étonnait de ne pas avoir pensé plus tôt à cette utilité surprenante de la prière. Seuls, dans leur coin, Lucile et Jeannot ne participaient pas à l'allégresse générale. Tournant le dos à l'assemblée, Jeannot était fort occupé à têter la poitrine de Lucile qui avait dégrafé son corsage et exhibé des tétons turgescents. Après chaque goulée, Jeannot recrachait sur le sol de terre battue le produit de sa têtée que le chat de la maison venait laper. C'était la seule manière qu'avait Lucile d'être soulagée de ses montées laiteuses, lorsqu'elle était en déplacement et qu'elle n'avait plus ses nourrissons à qui donner le sein. L'éclat de rire fut général et quand Jeannot eut terminé son opération et que Lucile, allégée, eut renoué les cordons de son corsage, le maître de poste tendit en riant un grand verre de vin à Jeannot en lui disant :

– Et maintenant, le coup de l'étrier.

Au milieu des applaudissements, Jeannot fit cul sec immédiatement. Ces évènements avaient rendu l'assemblée très communicative, les conversations et exclamations remplirent bientôt la salle de l'auberge où les servantes tourbilllonnaient. Tous étaient loin de se douter que leur sort commun allait être bientôt encore plus soudé.

Le Maréchal

A deux bonnes journées de poste de Bassou, dans la Montagne beaunoise, au petit village de Montceau, environné de vastes et sombres forêts, non loin de la source de l'Ouche, se déroulait une scène d'un tout autre genre.

Dans le haut du village, entre l'auberge et l'église, face aux prairies de l'Auxois qui se prélassaient en contre-bas, l'antre de Jean Villiers, maréchal-ferrant de son état, retentissait de violents et sonores coups de marteau. La porte était grande ouverte sur la chaussée et un somptueux cheval à la robe fauve, retenu par un licol à un anneau métallique de la façade donnait de grands signes d'impatience, relevant le cou par saccades, secouant sa crinière et balayant sa croupe de sa queue soyeuse. Son maître était en train de le bouchonner à l'aide de poignées de feuilles de noyer fraîches qu'il extrayait d'un sac de toile au fur et à mesure qu'elles se froissaient et devenaient inutilisables. Ce procédé, bien connu dans la région, était sensé empêcher les mouches d'importuner sa monture.

Ce personnage lui-même était remarquable : une haute stature, un profil d'aigle, de longues mains noueuses ; il était revêtu d'une vaste ganache* de toile grise, qui contrastait étrangement avec de luxueuses bottes de cuir cassé. Ses gestes étaient réguliers, appliqués, consciencieux, et veillaient à n'omettre aucune portion du pelage de sa bête. Sous ses mains, les muscles de l'animal tressaillaient d'aise en brusques contractions qui en faisaient saillir les reliefs, tandis que son maître lui parlait affectueusement.

A l'intérieur de la forge, Jean Villiers, sorte de colosse au thorax globuleux à peine masqué par un vaste tablier de cuir fauve à même la peau, et aux biceps luisants de sueur, assénait des coups de mailloche précis et puissants sur un fer qu'il était en train de modeler sur la bigorne de son enclume, le tournant et retournant à l'aide de longues tenailles. Puis, apparemment satisfait de son œuvre, il le remit en attente à proximité du foyer qu'entretenait un jeune apprenti. Ce dernier, hypnotisé par les flammes du foyer, activait rythmiquement un monstrueux soufflet de cuir clouté à l'aide d'une chaîne à poignée qui coulissait dans une poulie suspendue au plafond. Les bruits du souffle puissant de la forge alternaient avec ceux plus éraillés de la chaîne dans ses mouvements de va-et-vient dans la poulie. A chaque soupir rauque de la forge, des gerbes d'éplues* incandescentes jaillissaient du foyer et montaient en tourbillonnant dans la vaste hotte qui transperçait le toit. Chaque fois que l'apprenti faisait mine de ralentir son effort, Jean Villiers l'interpellait vivement, ponctuant ses reproches de « *bordel de Diou* » retentissants.

Jean Villiers connaissait bien ce client particulier, venu lui conduire sa monture : paysan du hameau voisin d'Echarnant, éleveur de moutons, et dont la passion était de parcourir à cheval les interminables sentes des sous-bois des alentours, traquant à cheval les sangliers nombreux qui hantaient les fourrés et ravageaient régulièrement les cultures en bordure de bois, principalement les « *treuffes* », ou pommes de terre, si précieuses dans l'ordinaire des gens de la Montagne. A ce titre, il était fort bien vu des voisins, en dépit de son caractère taciturne et de l'aura mystérieuse qui l'entourait : il disparaissait en effet de temps à autre pendant huit à dix jours et nul ne savait où il se rendait, y compris sa femme qui avait été interrogée sans succès à plusieurs reprises, tant par ses commères du hameau que par les gendarmes à bicorne qui effectuaient des rondes épisodiques. Mais sa réputation de chasseur intrépide qui affrontait seul les « *cochons* », plus souvent avec un épieu qu'avec un fusil, faisait que personne n'osait trop insister sur ses activités, et le soir, les voyageurs ou les pèlerins qui empruntaient les landes désolées d'Echarnant pour se rendre ou revenir à Notre-Dame de Beaune, pressaient instinctivement le pas quand ils passaient à proximité de la ferme du personnage.

Ferme était un bien grand mot pour définir la ruine de la maladrerie templière dans laquelle il habitait, à proximité de l'antique chapelle de ces mêmes Templiers, où le culte n'était plus célébré qu'une fois l'an. Dans le chœur de cette chapelle, on pouvait encore voir au sol les tombes gravées de plusieurs abbés assorties de l'étoile de Malte. On racontait à la veillée que le Grand-Maître Jacques de Molay, qui avait été intronisé à Beaune, trouvait plaisir à venir s'y reposer de temps à autre l'été, et qu'il y aurait même dissimulé un trésor peu avant son arrestation. On montrait non loin de là, en Permichet, un endroit où la terre noirâtre tranchait par sa couleur avec les champs avoisinants, et les vieux paysans disaient que leurs ancêtres leur avaient confié qu'un veau d'or rituel y était enfoui. Comme par hasard, c'était l'un des rares champs que notre mystérieux personnage cultivait, y faisant pousser orge et avoine mélangées. De l'antique maladrerie, il ne subsistait plus qu'une tourelle au toit conique, à laquelle étaient accolés des bâtiments et appentis informes qui constituaient la ferme en question. Dans un enclos contigu, un troupeau d'oies cacardant à la moindre approche de nuit comme de jour ne permettait pas de passer inaperçu et tenait les visiteurs au large. A quelques centaines de pas de la ferme, en lisière de forêt, une très curieuse fontaine agrémentée d'une auge sculptée, la fontaine de Jessan, servait d'abreuvoir aux sangliers la nuit et aux moutons dans la journée. Elle avait la particularité de ne jamais tarir, même dans les périodes de sécheresse les plus intenses, ce qui était remarquable dans ce vallon désolé et sec.

Ce mystérieux client venait donc de temps à autre trouver Jean Villiers qui ferrait régulièrement son cheval depuis des années, et le maréchal était fier de la fidélité qu'il lui témoignait en le préférant à ses confrères de Lusigny ou de Meloisey, tout aussi proches.

Il faut dire que l'art de Jean Villiers avait de quoi séduire : d'un séjour forcé en Angleterre, où il s'était réfugié étant jeune à la suite d'une rixe qui avait mal tourné, il avait rapporté une technique de ferrage originale qui rompait définitivement avec les lourds ferrages de l'Auxois plus adaptés aux chevaux de labour. Jean Villiers soutenait que si l'on voulait donner de l'aisance aux chevaux et les empêcher de broncher, il ne fallait parer la sole et la fourchette qu'au minimum nécessaire et habiller les sabots le plus légèrement possible.

Mais ses opérations commençaient toujours par un long examen de la bête qu'il avait à ferrer. De fait, il abandonna sa forge et demanda à son client de détacher son cheval :

– Albert, dit-il, fais-moi marcher ta bête, là, bien en rond, bon dans l'autre sens maintenant... Bien, pour l'heure, monte-la, et pars au trot, jusqu'à la fontaine et reviens passer devant moi...

Accroupi, examinant attentivement l'allure du cheval, Jean fit signe à Albert d'approcher, puis toujours accroupi, il commença par scruter longuement l'appui des deux antérieurs, tâtant canons et boulets. Se relevant enfin, il s'empara alternativement des deux pattes antérieures, et étudia l'usure des fers.

Il fit de même ensuite avec les postérieures. On rattacha l'animal au mur de la forge, puis après avoir prévenu la bête d'un léger coup de brochoir sur le fer, Jean fit sauter les vieux clous à l'aide d'un mouvement de bascule des tricoises, tandis que les souches des vieux clous, restées implantées dans la corne, étaient arrachées au repoussoir. En un tournemain l'animal se retrouva sur ses cornes déferrées.

Effectivement, après avoir apprécié du pouce l'état de la corne des sabots, le maréchal ne procéda qu'à un parage tout à fait minime, à l'aide d'un ciseau bien affûté, se bornant à régulariser des aspérités que personne d'autre que lui ne pouvait voir.

– Tu vois, expliqua-t-il à son client, il ne faut surtout pas entamer gravement la sole, et encore moins la fourchette, si tu ne veux pas nuire à ton cheval, qui autrement glisserait : c'est de la sole charnue que la sole de corne reçoit sa nourriture, si on l'enlève trop, elle durcit et le suc ne lui parvient plus, et plus un cheval est paré, plus il est exposé à être blessé ; inutile aussi de placer des fers qui couvrent tout le sabot, car son talon venant à baisser sur celui du fer, le levier sera plus long sur les rivures des clous à la pince, et de plus le cheval sera sujet à chopper*. Ce qu'il faut, c'est des petits fers en demi-lune qui vont en diminuant d'épaisseur vers l'arrière, mais qui ne doivent atteindre que le milieu du sabot...

Albert connaissait ce refrain que lui servait le maréchal à chacune de ces rencontres. Il se gardait bien d'y répondre, car Jean abordait maintenant la partie la plus délicate de ses soins : le ferrage lui-même. Reprenant les uns après les autres les vieux fers, il les comparait d'abord à ses ébauches, puis étirant d'abord la masselote sur l'enclume pour en faire un pinçon, il arrondissait ensuite son ébauche pour l'adapter au contour exact du pied. Il donna quelques légers coups de marteau pour en modifier l'épaisseur interne, puis, apparemment satisfait de sa préparation, le maréchal remit son fer au feu, tandis que l'apprenti redoublait d'effort. Quelques instants plus tard, se saisissant de longues tenailles, il s'empara du fer rouge sombre et l'appliqua sur la sole du cheval qui se mit à grésiller dans une odeur de corne brûlée. L'ajustement était parfait, vérifié d'un léger mouvement de torsion du poignet. Dès lors, à une vitesse vertigineuse, de sa main droite s'emparant un à un des huit clous qu'il avait disposés entre ses lèvres, Jean les enfonça rapidement de coups de mailloche bien ajustés. Les pointes qui sortaient les unes après les autres à la face externe du sabot furent ensuite sectionnées et rabattues en rivet, incrustées dans l'épaisseur même de la corne. A l'aide d'un brochoir le maréchal rabattait enfin le poinçon sur la paroi. Un coup de râpe de propreté finissait d'égaliser cornes et clous. Les quatre membres furent équipés de même. A peine quelques retouches des poinçons furent-elles nécessaires pour brider l'un ou redresser l'autre, tant les ébauches de l'artisan étaient ajustées au plus près.

Après quoi, le maréchal, tenant en bride le coursier, lui fit effectuer quelques pas, d'abord lentement, puis en courant : tout se passa bien : l'allure souple de la bête était convaincante.

– Il est bien dans ses chaussures, fit-il en souriant et en tendant les rênes à Albert. Ce dernier enfourcha sa monture, l'éperonna vivement et partit d'un galop léger, vira autour du puits face à l'auberge et revint près de la forge. Visiblement satisfait, il invita l'artisan à l'auberge voisine d'où sortaient de grands éclats de voix, non sans lui avoir glissé les trois francs de son salaire pour sa peine.

Il était près de midi et tandis qu'au clocher tout proche les premières notes de l'angélus ébranlaient la charpente, les deux compères franchirent le seuil du débit de boisson.

– Le Biver pique la Madeleine, commenta le maréchal en évoquant le marguiller ahanant dans le chœur, suspendu à la corde de la grosse cloche. Après trois « piqués » annonciateurs, il lui fallait quelques secondes pour ébranler à son tour « La Jeannette », plus légère, aérienne, dont l'airain allait chercher jusque dans les champs éloignés du terroir les paysans qui s'arrêtaient un instant, se découvraient, et attendaient la fin de l'angélus, appuyés à leurs manches de faux ou de fourche. Ces deux cloches avaient été baptisées en toute solennité, et leurs actes de baptême se trouvaient d'ailleurs immortalisés, consignés dans les registres paroissiaux autrefois tenus par les ci-devant curés. Le maréchal, qui était l'un des rares habitants de Montceau à savoir lire, se souvenait les avoir rencontrés en feuilletant ces registres à la recherche de ses aïeux.

A l'intérieur de l'auberge, une seule table accostée de deux bancs était occupée : cinq personnages y discutaient vivement. L'un d'eux, en tenue de velours brun, interpella le maréchal à son entrée.

– Oh, Jean, nous allons avoir besoin de toi, le père Laborde est mort à Grandmont, et nous ne tenons pas à passer par le notaire royal de Bligny, cet escroc...

Il entrait en effet dans les fonctions non écrites du maréchal d'effectuer des inventaires après-décès et toutes opérations de bornages. Sa science des nombres et ses capacités d'écritures faisaient que les paysans de Montceau, de Grandmont et des environs avaient souvent recours à ses services, pour les partages après décès, ou pour les arbitrages terriens. Assisté de deux anciens du village qui cautionnaient ses actes, et les cosignaient souvent d'une simple croix, il rendait des sentences que nul ne s'avisait de remettre en question et dont les familles conservaient les pièces soigneusement pliés entre deux piles de draps. Tous ces actes échappaient naturellement au fisc, qui ignorait ainsi tout des ressources des paysans du cru. Ils étaient seulement obligés de recourir au notaire pour rédiger les nouveaux actes de propriété terrienne. Jean et Albert s'assirent donc à la même tablée et participèrent à la conversation.

– Saint-Romain ou raisinet ?, interrogea la servante qui s'était approchée, bonne fille aux joues gercées, aux cheveux agrémentés de papillottes, à la longue robe dissimulant tout juste ses sabots.

– Saint-Romain, bordiou... réclama Albert sans hésiter, tandis que le visage du maréchal s'épanouissait.

Puis la conversation roula sur les soucis quotidiens : l'octroi par tête à acquitter à la foire de Bligny, chaque fois qu'on y présentait une bête, la conscription qui ruinait les foyers, la gabelle à laquelle on ne pouvait toujours pas échapper, la bêtise et la méchanceté des gendarmes, et surtout l'année qui s'annonçait si mauvaise dans les champs, après un hiver affreux et un printemps mouillé...

– Allons, il va falloir que j'y aille, ma femme coule la buée* tantôt et si je veux avoir des blouses propres, il faut bien que je l'aide... annonça l'un des compères.

A cet instant, la porte de l'auberge s'ouvrit doucement, timidement poussée par une vieille femme qui jeta un regard furtif à l'intérieur. A la saignée de son coude elle portait un grand panier d'osier, qui semblait rempli de champignons terreux. En fait, rassurée par la conduite de l'aubergiste qui ferma à clef la porte derrière elle, elle dévoila bien vite le contenu de son panier : sous les champignons, son panier recelait en fait, enveloppées soigneusement dans des papillotes en papier, de grandes et belles allumettes, aux têtes soigneusement soufrées. Bien meilleures que celles de la Régie et surtout dix fois moins chères, elles étaient confectionnées par son mari qui habitait Bessey. Ancien fendeur de bois, atteint par l'âge, il s'était reconverti pour survivre dans la confection d'allumettes de contrebande que sa femme, Fernande, livrait dans toute la région. Si des gendarmes faisaient mine de s'approcher, elle recherchait ostensiblement des champignons le long des fossés et n'avait ainsi jamais été inquiétée.

Tous les consommateurs, y compris Albert, firent ample provision d'allumettes, heureux de l'aubaine. Quant à l'aubergiste, il rafla le fond du panier de Fernande, et s'empressa d'aller dissimuler le stock dans son cellier, dans le fin fond d'un volumineux sac de noix. Albert avait hâte d'essayer son cheval nouvellement chaussé. Aussi salua-t-il la compagnie sans façon, et enfourchant sa monture, il se dirigea au petit trot vers le moulin dont les ailes entoilées bénissaient le village. Carguées comme des voiles de bateau, les ailes étaient pour le moment immobiles, dans l'attente de la moisson prochaine. Un calvaire de pierre montait la garde devant le moulin, au fût sobre et longiligne reposant sur son socle moussu, massif et carré. Au delà du moulin, la vue s'étendait au loin sur l'immensité silencieuse et sombre des bois du Bas-de-Loque, couronnée par les crêtes dénudées de la Montagne-du-Cingle au-dessus de Meloisey. Après avoir marqué un temps d'arrêt au pied du moulin, dont le meunier ne daigna même pas se montrer, Albert éperonna son cheval et partit au trot s'enfonçant bientôt dans les bois. Une longue saignée rectiligne l'emmena sous les couverts jusqu'au plus bas du vallon, à la Combe-à-l'Oiseau, site sauvage et désolé où une étroite clairière servait de pâture aux bêtes de la forêt, cerfs, daims et accessoirement sangliers qui venaient, de leurs boutoirs grognants, retourner et dévorer les tubercules des plantes d'eau qui abondaient près d'un minuscule bassin à l'eau boueuse : massettes, sagittaires, cirses, macres, renoncules, bardanes, et scorsonères sauvages faisaient leurs délices. Après ces agapes, les « cochons » se roulaient avec application dans la fange du bassin, puis allaient se frotter contre les troncs des fayards* voisins qui en étaient tout écorcés à leurs bases. En débouchant à la Combe-à-l'Oiseau, le cavalier débusqua d'ailleurs une laie et ses cinq petits qui démarrèrent en trombe, la queue en bataille à la verticale, et s'engouffrèrent dans les taillis. Albert s'arrêta quelques instants près de la source, dégagea quelques branchages pour que son cheval puisse se désaltérer, puis alla s'allonger un moment dans l'herbe fraîche. Très rapidement la forêt alentour s'anima : pépiements d'oiseaux, appels timides sous les branches, frou-frous indéfinissables de lièvres, de belettes ou d'écureuils, sons de trompes lointains amenèrent sur le visage d'Albert un sourire de satisfaction béate. La forêt entière vivait, palpitante de bruits étouffés sous les branchages, de drames rapides ou de courses amoureuses, qu'Albert essayait d'identifier. Il se remit en selle et entreprit alors l'ascension lente de la berge opposée du vallon ; le sous-bois s'éclaircissait rapidement et après avoir écarté d'ultimes branches de noisetiers qui le fouettaient au passage, il déboucha au pied de la Montagne-du-Cingle. Quelques moutons qui semblaient à l'abandon étaient éparpillés là, broutant l'herbe déjà rase qui environnait de massifs murgers de pierrailles, sous le regard d'un berger invisible, sans doute occupé dans l'ombre à sculpter son bâton de frêne. L'alezan d'Albert gravit avec peine, encensant du chef, les derniers mètres qui le séparaient de la crête et son maître s'épanouit alors à la vision des vallonnements de l'Arrière-Côte. Le petit village de Meloisey, cerné de vignes et blotti autour de son église au clocher de pierre, apparaissait en contrebas de la muraille vertigineuse. Vers la droite, la trouée de

Meursault, et au loin la plaine bleutée de la Saône dont les lointains se perdaient dans le halo flou des monts du Jura. L'horizon semblait ne pas avoir de limites. Par beau temps, Albert se souvenait d'avoir aperçu souvent les montagnes des Alpes, en particulier le Mont-Blanc dont le dôme scintillant de glaces surmontait l'ensemble, très loin à l'horizon sur sa droite. Ce lieu était absolument désert, chaume à l'herbe rase, où seuls les œillets sauvages mettaient quelques gouttes violines, mais surtout ce qui intriguait Albert, c'était de monstrueux amas de pierres sèches reliés entre eux par des murées où se lovaient des serpents. Il y en avait là toute une série et l'un d'entre eux venait d'être fouillé par un « Monsieur » de Paris, un certain vicomte de Saulcy, qui à l'aide de ses ouvriers, en avaient extrait de curieux objets, armes en fer rouillées, rasoirs, perles d'ivoire, colliers de bronze, fibules et plats finement gravés, et surtout quelques bijoux en or dont personne ne savait ce qu'ils étaient devenus. Le vicomte disait qu'il s'agissait de sépultures de l'Age-du-fer, et que cela remontait loin, loin dans le temps. Seuls deux ou trois « tumulus » (c'est ainsi que le vicomte appelait ces amas de pierre) avaient ainsi été explorés, sur ce plateau battu par les vents. Il en restait une quarantaine, ce qui ne manquait pas de laisser Albert songeur. Quelquefois, fatigué, le vicomte demeurait à l'auberge de Saint-Romain, et ses ouvriers venaient lui apporter leurs trouvailles. Il les récompensait alors de piécettes d'or extraites de sa bourse. Les paysans le tenaient pour une panouille*, ne comprenant pas que l'on puisse s'intéresser à de tels débris d'un autre âge...Albert laissa brouter quelques minutes sa bête, tandis qu'il arpentait le plateau, faisant par jeu éclater sous la pointe de sa botte les vesses-de-loup nombreuses en cet endroit, qui explosaient en une poudre blanchâtre.

Remontant à cheval, il piqua alors droit au galop, sur son village, le petit hameau d'Echarnant juste en contrebas, qui se signalait par les fumées bleutées de ses foyers. Les fers de Jean Villiers faisaient merveille : un roulement souple attaquait le sol herbeux, sans que la croupe du cheval bougeât, tandis que la bête sentant l'écurie allongeait le col, naseaux dilatés. Au passage, une hase brutalement débusquée d'une touffe de thym, jaillit et s'échappa en bonds saccadés, derrière l'écran de sa queue en houpette. Mais ni l'homme, ni l'animal, communiant étroitement dans la griserie du galop, n'y prêtèrent attention. Peu après, Albert conduisit sa bête à l'écurie, la confia à son gamin de sept ans à la mine déjà délurée pour un bouchonnage sérieux. Puis sans même aller voir son épouse qui s'affairait devant les landiers du foyer, il se rendit à son appentis où un bric-à-brac confus de sacs, fourches, ballonges*, pièges à loups, cabillottes et fournetières* disparaissait sous une épaisse poussière. Il extirpa une petite clef de son gousset et ouvrit tout grand un coffre bas dissimulé sous un sac de toile. Il en sortit une sorte de bonnet de marin percé aux endroits des yeux et de la bouche et s'en coiffa. Il déplia ensuite une tenue en habit gris-blanc aux manches doublées de taffetas bleu, qu'il considéra longuement, puis il examina avec soin un pantalon en peau bleue à galons d'argent qu'il fit claquer devant lui pour en secouer la poussière. Quand il retira son bonnet, un sourire étrange ornait son visage et son regard « en dedans » aurait sans aucun doute inquiété quiconque aurait pu le voir à cet instant occupé à cette étrange cérémonie. Il remballa bien vite tout son attirail et décida qu'il était temps d'aller « souper »*...

Les Compagnons de l'Asphodèle

Le lendemain, avant même le lever du soleil, Albert chevauchait à nouveau en direction de Montceau. Dans le silence des ruelles du village endormi, le tapotis léger des sabots de sa monture résonait étrangement. A la sortie du village, en direction de Cussy, le talus du chemin tapissé de pavots qui s'entrouvraient lui apprit qu'il était cinq heures : depuis longtemps sa connaissance de la nature lui avait appris à se passer de montre : il savait qu'à trois heures, le liseron des haies déployait sa corolle, qu'à quatre heures c'était le tour des matricaires, à cinq heures les pavots, à six heures le lin, à neuf heures les soucis, et ainsi de suite jusqu'au soir à six heures les belles-de-nuit : sa journée était régie par une véritable horloge de flore qui l'enchantait toujours avec sa précision inégalable, seulement ponctuée des angélus de midi et du soir.

Un peu avant Cussy, la route traversait la nouvelle ligne du « *Chemin ferré* » de la « *Compagnie des Houillères et du Chemin de fer d'Epinac* » qui fonctionnait depuis déjà trois ans. Créée par le financier Samuel Blum, cette compagnie, sans attendre la fin de toutes les procédures d'expropriation, avait établi une voie de vingt-huit kilomètres entre la mine de charbon d'Epinac et le village de Pont-d'Ouche, au bord du canal de Bourgogne, où le charbon était transféré dans des péniches à destination de Paris. Au début, tout au moins, la traction fut purement animale et la compagnie avait passé des contrats avec les gens du pays qui se chargeaient de la remorque dans un secteur déterminé quand les travaux agricoles ne pressaient pas trop. Les passages à niveau fermaient sur la voie, et les convois du chemin de fer devaient s'arrêter pour livrer passage aux chars de moisson et aux troupeaux qui regagnaient leurs granges ou leurs écuries. Entre Montceau et Bligny, la seule déclivité de la voie suffisait à entraîner les convois sous l'action de la gravité. Un simple câble servait à faire remonter de Bligny les wagons à vide, par l'intermédiaire d'une poulie.

A l'approche de Cussy, au franchissement de la voie, une cabane de bois avait été installée par la Compagnie, sorte de garde-barrière, confiée à l'attention d'un agent de la Compagnie, à charge pour lui et sa famille de veiller à ce que les convois de charbon traversent la route sans encombre. C'était le titulaire de cette cabane qu'Albert allait voir ainsi de bon matin. Il s'agissait d'un ancien « *manouvrier* »*, autrefois employé à quinze sous la journée par les « *laboureurs* » et « *marchands* » de Cussy, mais qui avait été victime d'un accident quelques années auparavant en déchargeant un charroi de bois : la moitié de sa main gauche avait été écrasée et il ne lui restait plus qu'un moignon d'où émergait une sorte de griffe faite du pouce et de l'index restés miraculeusement intacts. Depuis qu'il avait été embauché par la compagnie, son seul luxe avait consisté en l'achat d'un cheval grâce auquel il pouvait surveiller la voie entre les deux cabanes voisines de la sienne, celles d'Ivry et Montceau. Felix Jacotot, c'était son nom, était justement présent, assis devant sa cabane à laquelle il était adossé, têtant une bouffarde énorme, perdu dans une rêverie matinale.

L'arrivée inopinée d'Albert le fit sursauter et en même temps le réjouit. Les deux hommes se connaissaient bien. Au moment de son accident, alors que tous l'abandonnaient et que plus personne ne songeait à lui offrir du travail, Albert était apparu un jour, archange noir sur son cheval de feu, et lui avait laissé sans explication une bourse remplie de louis d'or, lui assurant qu'elle était sienne, et qu'il pouvait en disposer pour se soigner convenablement et attendre sa guérison. Il était grand temps, car sans aucune ressource, la femme de Felix en était réduite à faire bouillir dans sa marmite des tubercules d'asphodèle que ses marmots allaient déterrer à proximité de la fontaine du Baptillot, non loin de là. Sur l'origine de ce don, Albert était resté muet et avait esquivé toute explication. Plus tard, Félix avait guéri, avait pu se remettre à jardiner, à élever quelques lapins et poules, et avait eu la chance de se voir offrir cet emploi providentiel par la Compagnie, car depuis son accident, rares étaient les propriétaires qui faisaient appel à ses services : il était maintenant maladroit, ralenti et devenu timoré.

A quelque temps de là, alors qu'il n'y pensait plus, Albert était réapparu, et lui avait expliqué la source de ses subsides : il était à la tête d'une compagnie de brigands qui attaquaient les diligences sur la route de Lyon et grâce aux surplus qu'ils récoltaient, ils pouvaient soulager quelques misères dans le canton. En souvenir de Felix, ils avaient d'ailleurs baptisé leur groupe du nom des « *Compagnons de l'Asphodèle* », tellement Albert avait été marqué par toute cette famille dans la misère se nourrissant de racines de cette plante. Cette fois, Albert venait lui demander de participer à une nouvelle expédition, l'un de leurs compagnons ayant été arrêté par les gendarmes pour un délit mineur, ce qui l'avait rendu indisponible pour la troupe : il fallait cette fois venir au secours de la fille d'un paysan de Lusigny, paralysée, condamnée par son médecin et qui avait mis tous ses espoirs dans un voyage à Lourdes ; il s'agissait de lui permettre ce voyage pour lequel la famille ne pouvait naturellement avancer le moindre liard. Felix avait accepté d'emblée de se joindre à l'équipée. Sur les chaumes d'Auvenay, battues par la bise d'hiver, ils avaient attaqué une malle-poste dont l'équipage s'était enfui sans demander son reste, abandonnant un coffre recélant la collecte des impôts d'Arnay et environs. Cela avait suffi largement à payer le voyage de la pauvre fille qui était morte heureuse, là-bas, en pleine extase, allongée sur son brancard. Le solde de cette agression avait été réparti entre les quatre compagnons et avait servi à aveugler quelques dettes criardes.

Voici donc qu'à nouveau Albert réapparaissait : ce n'était pas pour déplaire à Félix, qui avait trouvé la première aventure facile, agréable, et finalement assez morale. Albert préparait une nouvelle expédition : cette fois, il s'agissait de tirer de la misère une mère de huit enfants, femme d'un vigneron des Hautes-Côtes, dont le mari était mort au terme d'un cancer de l'estomac effroyable. Le défunt n'était que « journalier », employé à la tâche, mais non propriétaire ; sa maladie avait duré deux ans, épuisant complètement les maigres économies du foyer. Cette femme et sa famille habitaient le Haut-Saint-Romain, et c'est un colporteur du « *Petit Messager Boiteux* » qui avait mis indirectement Albert sur la voie de cette nouvelle misère.

Chaque année, cette brave femme achetait au colporteur fil, aiguilles, boutons, et s'offrait le luxe énorme du « *Petit Messager* », mais au dernier passage du colporteur, elle avait éclaté en sanglots et raconté son histoire lamentable, bien incapable d'acheter quoi que ce soit. Elle en avait été réduite, suprême déshonneur, à demander l'aumône du pain, ce qui dans la région était le fin fond de la misère, car non seulement il fallait faire cette démarche humiliante, mais la coutume voulait qu'il était hors de question de pouvoir rembourser cette offrande. Le créancier mettait un point d'honneur à refuser tout dédommagement ultérieur. Une seule exception à cette règle existait, lorsque le créancier lui-même était dans la misère, il pouvait à son tour solliciter humblement le remboursement de son avance...

– Si tu es d'accord, Félix, nous pourrions attaquer la diligence de Paris dans deux jours... La dernière fois nous avions opéré sur les Chaumes d'Auvenay, mais cette fois-ci, je crois que nous devrions tendre une embuscade beaucoup plus tôt, à la sortie de Lacanche par exemple. Comme cela, nous n'aurons pas sur le dos les gendarmes d'Ivry, dont le détachement a été renforcé il n'y a pas si longtemps. Pannetier me l'a dit la semaine passée. Bien content, ce cochon, d'avoir comme clients ces soudards de gendarmes. Tous les soirs son auberge ne désemplit plus, le Saint-Romain coule à flots...

– Comment vois-tu l'attaque cette fois ? interrogea Félix.

– Eh bien, je crois que nous pourrions attendre tranquillement dans le vieux moulin de Lacanche, attaquer la caisse lorsqu'elle sera presque en haut de la montée et nous enfuir dans les bois de Saussey. Mais ce coup-ci, je te propose quelque chose de nouveau : au lieu de nous contenter seulement de dépouiller les passagers, nous en emmènerons trois ou quatre avec nous et nous demanderons une rançon ; c'est ce que font maintenant nos camarades du Massif Central, on ramasse ainsi beaucoup plus d'argent...

– Oui, mais où allons nous les garder ? Ce n'est pas si simple.

– Tu n'as jamais entendu parler de la grotte du « Peut Trou » ?

A cette évocation, et à ce nom, – le « *Peut Trou* » signifiait la « Grotte du Diable » en patois de Montceau –, Félix frissonna. Il s'agissait d'un coin désert dans le haut vallon de l'Ouche, en pleine forêt, un peu avant la source même de l'Ouche et à cette grotte était rattachée toute une variété de légendes sinistres, où il n'était question que de tours pendables du Diable, d'incendies, de maléfices et d'apparitions funestes en pleine nuit se dissolvant dans le brouillard, au milieu d'impressionnants tourbillons d'étincelles. Son enfance avait été bercée de racontars terrifiants, distillés tout au long des veillées, se rapportant à ce lugubre vallon du Bas-de-Loque et à ses grottes.

Felix crut qu'Albert était devenu fou, mais à bien y réfléchir, cette idée n'était pas si mauvaise que cela, et personne, en tout cas pas les gendarmes, bien trop pleûtres, ne se risquerait au sein de ces fourrés à sangliers. La seule précaution qu'il fut convenu de prendre consista à procéder à une attaque à la tombée du jour, de manière à pouvoir s'enfoncer aussitôt dans la profondeur obscure des bois de Saussey. De là, pendant la nuit, il serait facile d'escalader les pentes du Deffend, et, par les chaumes et les « *topes* »* à lièvres de la Rouère, de rejoindre le Bas-de-Loque sans rencontrer personne. Félix admirait le génie inventif d'Albert, et lui vouait d'ailleurs une reconnaissance éternelle pour son aide passée. Il l'aurait fait se couler dans un trou de souris, si Albert lui avait demandé.

Restait à prévenir les autres acteurs de la folle équipée. Les « *Compagnons de l'Asphodèle* » opéraient en général à quatre ou cinq : l'un d'eux habitait également Cussy, où il élevait des « *mouches* » ou abeilles, et était réputé pour ses talents de « charmeur », de sourcier, et de rebouteux. Vieux garçon solitaire et paresseux, il était hors de question de lui demander un coup de main pour les récoltes. Il entretenait un percheron massif de l'Auxois à qui il tressait fort joliment la queue et personne ne se souciait de le voir s'absenter de temps à autre. Il se nommait Jean Moingeon, descendant d'une longue lignée de Moingeon, implantée depuis des temps immémoriaux dans le village ; on racontait que l'une de ses aïeules reculées avait été brûlée comme sorcière au Moyen-Age, sur la place de Nuits-Saint-Georges, devant le parvis de l'église. Il habitait une maison de journalier sur la place de Cussy, dans la façade de laquelle un « marmouin » avait été scellé par un maçon inspiré maniant la truelle aussi bien que la boucharde. Le nom de « marmouin » était donné par les habitants du village aux figures grotesques que les paysans extirpaient du sol de temps à autre à la faveur des labours, pierres sculptées et fragments de statues que le soc de la charrue déterrait souvent, surtout à proximité de la colonne de Jupiter qui se dressait dans les prés en contrebas du village. Le « *marmouin* » en question avait été découvert en fait dans le mur du cimetière de l'église, à l'occasion d'une réfection, et le maçon qui avait construit la maison de Jean Moingeon avait trouvé heureux d'insérer dans la façade cette image grimaçante d'un autre âge, plutôt que la traditionnelle ammonite.

Albert et Felix se rendirent ensemble à la demeure de Jean Moingeon. Chemin faisant, ils croisèrent deux vieilles femmes sortant du cimetière dont les jupons dépassaient sous leurs blouses grises. « Encore deux cancouères », remarqua malicieusement Albert, évoquant les élytres des hannetons dépassant sous leurs carapaces brunes, et tous deux s'esclaffèrent. Sur le seuil, Jean Moingeon était en grande discussion avec deux gamins à la mine délurée qui lui présentaient une dépouille de putois suspendue à la fourche d'un bâton.

« Ils cherchent le piteu », expliqua-t-il aux nouveaux arrivants tout en se débarrassant des gamins avec une pièce de cinq sous, accompagnée d'une tape sur les fesses. C'était une coutume du village : lorsqu'un putois avait été pris ou tué, les enfants s'en emparaient et le promenait ainsi de seuil en seuil et les villageois, heureux d'être débarrassés de ce destructeur de volailles et gobeur d'œufs, s'acquittaient volontiers en donnant des œufs aux enfants ou des pièces de monnaie que les drôles se partageaient ensuite. Mais le même piteuil pouvait très bien avoir été prêté par les enfants des hameaux voisins, Ecutigny ou Vic-des-Prés...

Jean Moingeon fit traverser sa demeure à ses visiteurs et ils se retrouvèrent tous trois dans son jardin accolé à sa maison par derrière. Il s'excusa de ne pouvoir les recevoir à l'intérieur, car leur dit-il, il était en train de « soigner » ses « mouches ». Effectivement, sous un groupe de lilas aux fleurs violacées étaient installées une dizaine de ruches encapuchonnées de pailles jaunies, toutes vombrissantes des vols zigzagant des « mouches » qui prenaient leur envol dans toutes les directions.

Tandis qu'Albert lui expliquait le but de sa visite tout en se tenant respectueusement à distance des ruches, Jean sortit une bouffarde de sa poche, la bourra consciencieusement, puis l'alluma et s'approcha d'une de ses ruches. Têtant goulûment sa pipe, et emmagasinant la fumée dans sa bouche dont les joues se gonflaient, il en expulsa progressivement et doucement le contenu au niveau de la planche d'envol de ses abeilles. La fumée du tabac pénétrant sous la hotte de paille eut immédiatement un effet lénifiant sur la ruche dont l'agitation se calma soudain. Jean put ensuite, avec des gestes délicats décoiffer la ruche et examiner avec attention les rayons en formation : au centre de la ruche, sur l'un des rayons, un halo brun orangé témoignait d'un couvain actif et de cellules déjà garnies de pollens. Mais en soupesant l'ensemble, Jean fit une grimace : la ruche était trop légère et il fallait donc l'aider, en ce début de mois de mai encore très frais. Avec précaution, il déboucha une petit pot de terre empli de mélasse, qu'il laissa à proximité des rayons et recoiffa ensuite le tout de son cabochon de paille.

Durant toutes ces opérations, il avait été attentif aux propos d'Albert et de Felix et il les assura de son concours. Il s'excusa de ne pouvoir les raccompagner, car il fallait s'occuper vite des autres ruches, avant que le soleil ne soit trop haut dans le ciel.

Dehors, Albert et Felix se séparèrent, Albert ayant décidé de se rendre à Ivry pour préparer leur prochaine entreprise. Il se proposait tout simplement d'aller passer l'après-midi à l'auberge de Pannetier, qui était relais de poste et d'y humer l'air à la recherche de renseignements. De son côté, Felix s'était chargé d'aller contacter les deux derniers « Compagnons de l'Asphodèle », les frères jumeaux Teinturier qui habitaient Ecutigny, à une lieue de là. Chevauchant avec dignité son paturon massif, Felix emprunta le chemin abrité, bordé de noisetiers et de mûriers sauvages, qui longeait le Pré de la Colonne. A droite, il entrevoyait celle-ci, monument énigmatique, qui se dressait en plein champ, que des savants venus de Dijon avaient examiné l'an passé. Piochant alentour, ils avaient exhumé des squelettes, de vieilles armes rouillées et des pièces de monnaie. Ils prétendaient qu'une grosse pierre trouée en son centre, qui servait de margelle de puits à la ferme d'Auvenay, devait être un chapiteau qui coiffait cette colonnne en ruine : les Gaulois ou les Romains, on ne savait, l'avait dressée, il y avait très longtemps, pour célébrer une victoire à la suite d'une bataille qui se serait déroulée dans les environs. En fait Felix, comme les autres habitants du village, s'en moquait complètement, mais il évitait quand même de trop s'attarder le soir dans ses parages. Par contre, il appréciait vivement la source claire, qui coulait à proximité, la Fontaine du Baptillot, connue pour les miracles et les guérisons qu'elle avait opérés. Felix ne manquait pas à chaque passage d'absorber une goulée de son eau bienfaisante dans le creux de ses mains jointes et d'y faire désaltérer sa monture. Après ce rite, il piqua droit à travers champs et prairies sur Ecutigny, dont on apercevait au loin le clocher de Saint-Cassien et la haute façade du château des Maleteste. A l'intersection du chemin de Saussey, se dressait un calvaire de pierre sur le socle duquel Victor pouvait lire : « O CRUX AVE 1824 », et cela lui rappela le pèlerinage d'inauguration, où il avait rencontré la Pauline qui devait devenir son épouse. Non loin de là, il ramassa, dans le creux d'un sillon, une belle ammonite qu'il dégagea de sa glaise et la fourra dans la besace qui pendait à l'épaule de sa monture. De temps à autres, des amateurs d'antiquité passaient dans le village et lui donnaient un bon prix de ces pierres destinées à des collectionneurs de Dijon.

Les deux derniers « Compagnons de l'Asphodèle » étaient des frères jumeaux, Jean et Pierre Teinturier, plus connus sous les surnoms de Castor et Pollux. Ils étaient célèbres dans le village pour leur ressemblance caricaturale. Leurs yeux en particulier, aux fentes rétrécies, étaient qualifiés de « pissous de truie » par leurs voisins. Ils ne possédaient que quelques arpents de terre, hérités de leurs parents, qu'ils mettaient en valeur, mais qui ne leur suffisaient pas pour vivre. Aussi, ils se louaient eux aussi à la journée à quiconque voulait bien les employer, surtout le régisseur des Maleteste. Ils étaient restés célibataires, et ils se ressemblaient tellement que personne ne pouvait les distinguer. Ce n'est que grâce à leurs percherons que leurs voisins pouvaient y arriver, le cheval de Castor était pincé du devant alors que celui de Pollux était cagneux du derrière. Profitant de leur ressemblance, ils partageaient allègrement les compagnes de rencontre qu'ils séduisaient principalement à l'époque des battages, où l'euphorie générale arrangeait bien leurs affaires. Tous deux avaient un visage poupin et rondouillard, fortement coloré, un torse puissant sur de courtes jambes musclées qui en faisaient des manœuvres de choix.

Malgré leur bonne humeur de rencontre, ils ne frayaient guère avec les autres villageois d'Ecutigny, et personne ne songeait à s'inquiéter de leurs absences épisodiques, car on les pensait alors engagés à des tâches lointaines, en forêt comme charbonniers, ou de l'autre côté des chaumes à vendanger du côté de Saint-Romain, Meloisey ou Volnay.

Ils accueillirent Felix avec un plaisir évident. Sur la place du village, quatre vieillards étaient assis au pied du tilleul, regardant fixement sans un mot devant eux.

– Qu'est-ce qu'ils font là ces vieux encolpions ? marmonna Felix.

– Ils attendent le miracle du chaudron, répliqua l'un des jumeaux et tous trois s'esclaffèrent, car ils savaient qu'en septembre, lorsque l'alambic venait s'installer sur la place du village, brusquement, tous ces ancêtres se réveillaient et retrouvaient une ardeur sans pareille.

Castor ou Pollux alla emplir au tonneau dans la cave sous l'escalier une « fillette » de vin, qu'ils partagèrent ensemble devant l'âtre où mitonnait une soupe au choux, fleurant bon le lard. Castor ou Pollux vira d'un coup de pied bien appuyé une poule qui s'était aventurée sur le seuil et qui atterrit en vol plané dans la cour, émettant des protestations caquettantes. L'accord se fit rapidement et les trois compagnons prirent rendez-vous pour deux jours plus tard, à la tombée de la nuit au moulin de Lacanche. Ce dernier était désaffecté depuis peu et n'importe qui pouvait y entrer, y passer la nuit et allumer du feu dans la pièce du rez-de-chaussée qui constituait l'ancienne demeure du meunier. Le moulin de Montceau et celui du Vernois, installé sur le ruisseau des Gorres, près de Saussey, suffisaient amplement aux besoins des villageois.

Une deuxième, puis une troisième fillette firent les frais des retrouvailles des Compagnons qui se séparèrent très contents d'eux au soleil couchant.

Le relais d'Ivry

Albert, chevauchant calmement son coursier feu qui « encensait » avec une belle vigueur et tenant les rênes bien serrées, car sa monture désapprouvait ostensiblement ce train de sénateur, arriva devant la poste d'Ivry : un convoi piaffait devant l'auberge du maître de poste Pannetier, en instance de départ, autour duquel s'affairaient postillons et garçons d'écurie. Un cheval supplémentaire fut accouplé en tête de la diligence aux belles portes rouge vif, rehaussées des armoiries royales. La montée du « ver » d'Ivry, rude, qui s'amorçait en un vaste virage dès la sortie du bourg rendait nécessaire ce « renfort », prescrit d'ailleurs dans le Livre de Poste que les voyageurs ne manquaient pas de compulser à chaque étape. Le « ver »* permettait d'accéder aux plateaux venteux des sinistres Chaumes d'Auvenay, vastes landes incultes, où les genévriers et quelques rares noisetiers arrivaient seuls à prospérer. La réputation de ces Chaumes avaient été encore ternie récemment par une attaque de diligence que les gendarmes d'Ivry, pourtant en grand nombre, n'avaient pas réussi à déjouer : depuis la Monarchie de Juillet, une escouade complète de gendarmes avait été installée à Ivry, campant chez l'habitant, tandis que son chef était installé à demeure au relais.

Devant l'auberge à deux étages, au vaste toit à quatre pentes surchargé de lourdes « lauzes » grises*, se tenait le maître de poste, Jean-Baptiste Pannetier, superbe dans sa redingote bleue à plastron rouge boutonnée jusqu'au col, coiffé de son chapeau français à torsade or et argent. Agé de 34 ans, il cumulait les fonctions de maître de poste, d'aubergiste et de maire du village, et faisait bien des envieux à Ivry du fait de la croissance rapide de sa fortune. Il était en discussion assez vive avec trois gendarmes à cheval, barrés de leurs baudriers jaunes, le sabre au côté, coiffés de bicornes lustrés de noir comme leurs bacchantes aux crocs recourbés ; ils devaient accompagner le convoi jusqu'au prochain relais de La Rochepot, à un myriamètre de là, au lieu-dit Bel-Air, point culminant de l'étape. Le relais était court à dessein, en raison de la pénible ascension qui menait aux Chaumes. A partir de là, tous freins serrés, les voitures, diligences, malles-poste, cabriolets et calèches descendaient sur la plaine de la Saône jusqu'au relais de Chagny, aux bruits de leurs ferrures grinçantes, traversant les rangs des vignes mordorées de Saint-Aubin et de Montrachet. La proximité du château de La Rochepot, dont on apercevait en contrebas de la route, à gauche, les somptueux toits vernissés de tuiles multicolores, rassurait les autorités, qui estimaient qu'il n'y avait plus de danger. Les gendarmes avaient pour mission d'attendre à Bel-Air un convoi en sens inverse, qu'ils accompagnaient jusqu'à leur cantonnement d'Ivry. Durant ce parcours, ils scrutaient d'un œil craintif la lisière hostile des bois et des fourrés tout proches qui encadraient la route à distance. C'est de ces fourrés qu'avaient surgi quelque temps auparavant les derniers bandits qui avaient dévalisé une malle-poste chargée des recettes fiscales d'Arnay. L'agent du fisc n'avait rien pu faire, et après avoir déchargé les deux coups de son pistolet, il avait été rapidement maîtrisé par les bandits qui l'avaient attaché à un fayard, dos à dos avec l'un des postillons. Un autre postillon avait pu s'échapper, s'était dissimulé dans un massif de genévriers, puis était revenu, terrorisé, en pleine nuit, donner l'alerte à Ivry, nu-pieds, tenant à la main ses énormes bottes pour aller plus vite.

Albert salua le maître de poste, nota dans sa mémoire toutes ces dispositions, escalada les marches de l'auberge, et pénétra dans la vaste salle du rez-de-chaussée : Marie-Thérèse, l'épouse du maître-de-poste, s'activait devant le foyer, remontant les poids du tourne-broche, où étaient empalées différentes viandes : lapins, poulets, pigeons, quartiers de sangliers, qui frissonnaient de leurs graisses fondantes et grésillantes. Recueillis dans une lèche-frites gigantesque, où flottaient des branches de thym et de laurier, ces produits de la cuisson faisaient l'objet de tous ses soins : armée d'une cuiller à long manche de frêne, elle puisait de temps à autre dans la lèche-frite et humectait ses viandes de gestes amoureusement précis et réguliers. Dans le fond du foyer, trois marmites de fonte noires et ventrues exhalaient des fumets sauvages qui dilataient les papilles des arrivants. Tout en caressant au passage la taille de la patrone, Albert alla s'installer à l'une des tables cernées de bancs où une dizaine de clients attendaient, devant des pichets d'étain, vidant gobelets sur gobelets, très occupés par la démonstration que leur faisait un montreur de vipères, et poussant des cris à chaque audace du colporteur. Marie-Thérèse, à la face poupine et rougeoyante, tannée par des années de cuisine, tournait résolument le dos à ce « vieux trimard » comme elle l'appelait, mais le tolérait dans sa salle, car il retenait la pratique chez elle, et les pichets étaient vite remplacés à chaque table.

L'homme, dépenaillé, coiffé d'un vaste feutre gris, faisant virevolter sa houppelande, portait une besace en bandoulière d'un côté, une boîte en fer blanc de l'autre. Il avait passé la journée à capturer des vipères le long des buissons et des « seurlées »* de la commune, avançant à petits pas comptés, sifflotant des airs connus de lui seul, qu'il alternait avec des cantiques. Lorsqu'il apercevait « un vipère » attiré par sa magie, il le fixai au sol d'une fourche de coudrier très courte placée derrière les érouelles*, puis le saisissant par la queue, il le jetait prestement dans sa boîte, par le volet à peine entrouvert l'espace d'un éclair, où grouillaient déjà leurs congénères. Le soir à l'auberge, il les sortait un à un de sa boîte, et les arguinait* avec un vieux chiffon où les bêtes plantaient leurs dents : il tirait alors d'un coup sec et les redoutables crochets venimeux restaient implantés dans le tissu, transformant ces reptiles en animaux inoffensifs. Ensuite, il se livrait avec eux à toute sorte de tours impressionnants, les enroulant par paquets autour de son cou, autour des ses mollets, les introduisant dans son col de chemise et les faisant ressortir par les manches. Il arrivait même que, déboutonnant sa braguette, il en laissât un s'échapper par cet orifice, de préférence devant les dames de la « haute » qui poussaient des cris effarouchés. L'apothéose finale consistait à en conserver un dans sa bouche et de le laisser sortir petit à petit, dans des convulsions hideuses qui faisaient reculer l'assistance.

Après quoi, il faisait la quête à la ronde et les clients de l'auberge ne lésinaient pas pour se voir débarrassés de sa présence insistante. Il se rendait ensuite en mairie pour se faire régler sa tâche volontaire : un sou par bête lui était alloué, c'était modeste, mais il lui arrivait de recueillir deux cents vipères dans la journée, soit deux cents sous, auxquels s'ajoutait le prix de ses pitreries, et un souper assuré à l'auberge. A la fin du repas, il sortait de sa besace de l'eau-de-vie de vipère, souveraine pour les faiblesses sexuelles, les fatigues de toute sorte, les coups de sang. Il s'agissait de bocaux de verre, soigneusement clos de liège, dans lesquels un vipère vivant avait été immergé dans un litre de marc de vigne, où le serpent avait craché son venin, avant de mourir, asphyxié par l'alcool. Il suffisait, disait-il, d'en boire le fond d'un godet le matin à jeun. C'était le remède miracle pour toute sorte de turpitudes humaines. Selon ses dires, cela vous revorchait* un mort... Le lendemain le « preneur de vipères », repartait vers un bourg voisin où il recommençait son manège.

Des cris rauques retentirent au dehors, attirant l'assemblée sur le seuil : une équipe de « galvachers », aux blouses grises et aux chapeaux à larges bords, chaussés de sabots, s'escrimait avec vigueur auprès de deux charrois massifs. Ils étaient tirés par deux couples de bœufs impassibles, peinant sous le joug. Les courroies de cuir crissaient sous l'effort puissant et lourd des bêtes aiguillonnées avec insistance. La « galvache » ! Le mot prestigieux courut sur les lèvres : tous les ans, descendant de leur Morvan natal, les galvachers, sillonnaient la province, au pas lent de leurs bœufs, alternant les cris et les chants, qu'ils reprenaient en chœur, psalmodies prenantes, monotones et soutenues, qui accompagnaient leurs bêtes dans l'effort ; ils livraient au loin leurs chargements de granit et de bois de chêne extraits des carrières et des forêts morvandelles. Justement le chantier du nouveau « chemin ferré » de la Compagnie de Samuel Blum en requérait de grandes quantités. Dans le ballet voltigeant de leurs biaudes grises* qui s'affairaient autour de leurs bœufs de légende, les quatre galvachers, qui évoluaient sur le terre-plein devant l'église, firent stopper leurs charrois. Les chants et les cris ayant brusquement cessé, les animaux stoppèrent aussitôt, sombrant brusquement dans une inertie de pierre, comprenant que l'heure du repos avait sonné. Abandonnant sur place leurs charrois, les galvachers s'engouffrèrent dans l'auberge de Pannetier, accueillis par des cris de joie. Ils étaient en effet souvent porteurs de nouvelles extraordinaires et leur répertoire comportait des contes effrayants qui faisaient le régal des soirées campagnardes.

Albert profita du tumulte pour s'installer dans le fond de la salle, près d'une crédence où traînait le « Registre d'Ordre et de Police » du Relais, et se mit à le feuilleter. Sur la page de garde, on pouvait lire :

(N° 680)
DIRECTION GENERALE DES POSTES
Relais d'IVRY
Département de la Côte d'Or, Route de Paris à Chambéry
REGISTRE D'ORDRE ET DE POLICE

Puis en dessous, manuscrit d'une belle écriture penchée :

NOTA :

Le présent registre étant principalement institué pour que les voyageurs puissent y consigner leurs plaintes, il doit toujours être à leur disposition, et les Maîtres de poste ne peuvent sous aucun prétexte refuser de leur présenter.

Albert tourna la page et put prendre connaisance de la composition du relais d'Ivry d'après un procès-verbal d'inspection de M. Baulmont, Inspecteur de la 7e Ligne, du 16 juillet 1830, à savoir :

Postillons : Bertillon Jean-Pierre, né à Arcey le 9 Frimaire an VIII, 30 ans et huit mois, dont seize ans et trente huit jours de service, Maret François, né à Ivry, le 22 septembre 1787, 42 ans et 7 mois, ayant du service comme postillon aux relais de Gaignes, de (illisible) et de Melun, deux monteurs

Chevaux : 4 Mallières, 5 porteurs, 1 bidet, 10 nécessaires ; plus pour son exploitationn particulière, le titulaire, M. Pannetier Bruschet entretient 12 autres chevaux qui au besoin pourront servir au relais.

Les pages suivantes étaient consacrées aux réclamations des « clients ». Au hasard, Albert releva des protestations qui le firent sourire :

« J'ai été conduit aujourdhui 11 juin 1832 par le postillon d'Arnay-le-Duc dont je me plains gravement, comme ayant par maladresse et de mauvaise volonté accroché et brisé ma voiture. Je demande que ce postillon soit mis à pied. » Le Cmte de Lepinay

ou encore, plus loin :

« Je signale le Maître de poste de Chany comme mayant fourni des chevaux hors de service, qui ont laissé ma voiture pendant trois heures sur la Montagne de St Aubin sans que le postillon voulu en aller chercher dautres chevaux » La baronne d'Haussez

Et encore :

Settembre 6‡ 1836

« Je signale Mr le Maitre directeur de la Poste que le maitre de la Poste de La Rochepot a atelé à ma voiture un cheval qui a tant reculé que dans les coups il a touché deux fois un Monsieur qui était sur le brancard en avant et nous avons apeine manchés d'etre renversé deux fois. Le Maitre de la Poste a fourni un garçon qui n'était pas attâché à la poste, et qui ne savait rien du tout de son mêtier »

Thomas Drume, Anglais

A la page suivante, l'inspecteur des Postes relevait qu'au 17 juin 1838, le relais d'Yvry était composé de trente six chevaux et de quatre postillons dont trois en rang et un monteur à défaut : les affaires de Pannetier prospéraient bien.

Suivaient des réclamations du Comte de Dalmas, de Charles Bellington, un autre anglais, et de nombreux aristocrates pour des facturations abusives, des chevaux vicieux, de voyageurs obligés d'intervenir pour retenir des chevaux emballés dans la descente du « ver » d'Ivry, ou encore pour protester contre l'emploi de garçons d'écurie en guise de postillons. L'inspecteur ne passait qu'une fois l'an, et les malheureux voyageurs devaient se défendre en permanence contre les entorses au règlement...

Jean-Baptiste Pannetier vint s'asseoir à la table d'Albert et remit le registre à sa place :

– Cela t'intéresse tant que ça ? demanda-t-il étonné, à Albert, tandis que son dernier fils le petit Louis (futur notaire de Précy-sur-Thil) venait se joindre aux deux hommes, balançant ses courtes jambes qui n'atteignaient pas encore le sol.

– Mais, mon cher Jean-Baptiste, je vois avec plaisir qu'en sept ans tu es passé de 20 à 36 chevaux, rien que pour le relais...

Louis ne l'ignorait pas et détourna la conversation, car il redoutait de se livrer trop à ce personnage imprégné des mystères de la forêt et des plateaux d'Echarnant.

– Tu ferais mieux de me raconter quelque belle histoire naturelle ou encore comment tu mènes tes affûts au loup.

– Si tu veux, fit Albert, connais-tu celle de l'arbre qui pleure, à Jours-en-Vaux ?

– Non, bien sûr, fit, intéressé, le maître de poste, tout en dégrafant son plastron rouge, tandis que le petit Louis ouvrait de grands yeux.

– Eh bien voilà, tous les ans, le jour des morts, et chaque fois que des évènements malheureux, un meurtre, un incendie, ou autres, se produisent à Jours, il y a en bas du château un vieil orme dont le tronc se met à pleurer ; on ne savait pas pourquoi, jusqu'à ce que je rencontre, au pèlerinage de Rouvray tout proche un vieux prêtre qui me dit que, il y a très longtemps, une statue de la Vierge avait été fixée au tronc, et que en grossissant l'arbre l'avait peu à peu enfermée dans son sein, où elle avait fini par disparaître complètement. Néanmoins, la Vierge continuait de manifester ainsi sa douleur à chaque malheur qui s'abattait sur le village de Vaux.

Songeur, Jean-Baptiste Pannetier dit qu'il connaissait lui aussi des arbres légendaires : le Pommier du Diable à Brazey, le Poirier des Dames à Saussey, tout près d'Ivry, le Poirier de Cernaisot hanté par une fée malfaisante, sans oublier le Chêne béni d'Ivry auprès duquel on conduisait les bestiaux pour les faire bénir et les protéger contre les maladies.

– Et l'affût du loup, comment tu fais, raconte, insista le jeune garçon en s'agitant sur son banc.

Albert sourit : « Oh, c'est bien simple, c'est comme pour les "cochons" (les sangliers), on peut les "cerner" de loin, à part que les grognements du cochon sont remplacés par les hurlements du loup, mais le mieux encore, c'est la chasse au sabot : quand tu as repéré un loup, tu l'"espères" la nuit dans les coins où il rôde et tu imites son hurlement à l'intérieur de ton sabot. S'il n'est pas loin, le loup approche doucement dans la nuit, droit sur ton sabot, sans faire de bruit. Il ne faut pas avoir peur, car d'un seul coup, tu le vois juste devant toi, les oreilles dressées, les yeux brillants dans le noir. Il faut tirer alors vite, entre les deux yeux, sinon, il se jette sur toi... »

Le petit Louis frissonna ; manifestement Albert en rajoutait, mais le maître de poste connaissait déjà cet usage particulier du sabot pour la chasse, et, tapotant le derrière de son fils, il lui fit signe d'aller rejoindre sa mère et sa grande sœur Anne aux cuisines. Il s'empara d'un jeu de tric-trac et en proposa une partie à Albert. Les flèches alternées blanches et vertes du fond de la boîte enchantaient toujours Albert, dont c'était le jeu préféré, plutôt que le tarot pourtant fort en vogue dans le bourg d'Ivry, aussi bien qu'à Montceau, où il se rendait fréquemment.

Agitant le cornet pour y mêler ses dés, Jean-Baptiste lui annonça qu'au début de la nuit la diligence d'Arnay devait arriver. Depuis quelque temps, cette diligence subissait des avatars sans fin de la part des employés du chemin de fer de Paris à Orléans : pour rester compétitives avec les Messageries Royales, depuis peu, en effet, les Messageries Laffitte et Caillard cherchant à gagner du temps sur le parcours de Lyon recouraient aux services des premiers éléments de voie construits entre Paris et Orléans : à l'embarcadère du chemin de fer à Paris, une énorme grue saisissait la caisse de la diligence chargée de ses voyageurs et la déposait sur le plat-bord d'un wagon du train en partance. A l'arrivée, à Orléans, une autre grue l'enlevait du train et la plaçait sur les quatre roues de l'attelage qui attendait en gare, puis l'équipage partait aussitôt en direction de Lyon.

C'est ce courrier qui faisait étape tous les soirs à Ivry depuis plusieurs mois. Voilà qui ne manqua pas d'intéresser Albert. L'approche du soir, avec l'obscurité propice, allait aider son dessein... Il venait de tirer un « bezet », double as, de son cornet à dés et sur ce dernier « jan » (coup), gagnait la partie.

Jean-Baptiste s'exclama, et implora une revanche ; il se faisait tard, aussi Albert proposa-t-il de jouer son souper, ce que le maître de poste accepta sans manière : peu lui en coûtait d'ailleurs, sa salle d'auberge étant remplie de clients, la recette s'annonçait bonne. Deux personnages supplémentaires venaient encore de pousser la porte de l'auberge, demandant à souper et à coucher. Habillés de velours noir, ceinturés de flanelle rouge et portant des havresacs de soldats sur le dos, ils étaient crânement coiffés de casquettes inclinées sur le côté, elles aussi de velours noir. Des anneaux d'or pendaient à leurs oreilles, et ils tenaient à la main de longues cannes brunes, cirées et enrubannées avec lesquelles ils faisaient d'impressionnants moulinets. L'assistance compris qu'il s'agissait de Compagnons du Tour de France accomplissant leur périple. On leur fit place sans barguiner, car les manants gardaient dans leur crâne des souvenirs cuisants de coups bien assénés. L'un des Compagnons repoussa du pied un portemanteau à chaînette et cadenas qu'un courrier avait laissé au sol, ce qui fit bondir son propriétaire, mais devant le sourire narquois des Compagnons, l'orage s'apaisa vite et, penaud, le courrier alla se réfugier avec son bien à une autre table.

Albert, après que Jean-Baptiste eut touché une dame sans adouber, se permit d'arrêter son dé qui pirouettait avec son cornet, ce qui était son droit le plus strict, marqua le trou double, et effaça tous les points de son adversaire. Prenant bien soin alors de jeter avec force ses dés pour qu'ils aillent toucher la bande de Louis, il remporta la deuxième partie. Bon joueur, Louis fit signe à Marie-Thérèse d'avoir à servir à Albert ce qu'il désirait pour souper.

Albert n'abusa pas de la situation, se contenta d'une large portion de potée, d'un œuf meurette à la sauce lie-de-vin dont il se pourlècha, et d'une odorante corniotte au fromage. Une fillette de Saint-Romain aida le tout à descendre, tandis qu'était venu s'installer en face de lui l'abbé Giboulot, curé d'Ivry : prêtre fatigué, à la soutane élimée et luisante aux poignets, aux doigts imprégnés d'encre noire, car il venait de célébrer des funérailles. Le prêtre avait conservé l'habitude de tenir un registre paroissial de tous les évènements religieux de la paroisse, baptêmes, mariages et sépultures, en dépit de la tenue des actes d'état-civil par la Mairie depuis cinquante ans déjà. Le vieux prêtre entretint Albert de la récente réfection du cadastre d'Ivry à partir des terriers de la seigneurie de Coraboeuf, dernier achèvement à ses yeux de la mainmise révolutionnaire sur la commune. Il tenait la Monarchie de Juillet en piètre estime, ne faisant guère de différence entre elle et les régimes révolutionnaires qui l'avaient précédée. Ses ouailles racontaient même qu'il était responsable du dépérissement, sur la place de l'église, de l'Arbre de la Liberté, contre lequel il urinait nuitamment depuis des années. Il profita de l'attention passive d'Albert, amusé, pour lui remémorer la triste fin de son confrère Gaspard Taupenot, curé de Change, guillotiné à Dijon le 15 mars 1794 pour n'avoir pas voulu jurer fidélité à la République naissante, tandis que son église était transformée en salpétrière...Albert connaissait cette sombre histoire du curé de Change, ainsi d'ailleurs que celle des malheureuses sœurs Aubry de Nolay, honteusement déportées en plein hiver à Lorient, au terme d'un voyage épouvantable à travers la France, et leurs biens dispersés, pour avoir abrité le saint homme. Albert ne comprenait pas cette hargne qui avait déshonoré la paisible bourgade de Nolay, mais s'en trouvait étrangement loin, absorbé par ses projets. Il avait maintenant hâte de rentrer dans son repaire d'Echarnant. Après avoir remercié le maître de poste, il salua à la cantonade et enfourchant sa monture, reprit à un trot léger la route de Montceau.

Chemin faisant, il aperçut de la lumière aux étroites lucarnes du moulin, et il changea d'avis : fatigué, il irait demander le coucher à son ami, le meunier Lagrange, avec lequel il échangeait souvent des recettes de piégeage. Faisant gravir à sa monture l'étroit sentier montant qui conduisait au moulin, il arriva bientôt en vue de celui-là, dont la haute silhouette pointue et sombre tranchait sur le ciel étoilé. Les longues ailes entoilées et immobiles attendaient les chalands de la moisson prochaine. Poussant la porte de rez-de-chaussée, il découvrit Lagrange dit « Le Blanc », qui tenait son surnom de son faciès perpétuellement poudré de la fine fleur du froment qui saupoudrait tout le mobilier. Coiffé de son éternel bonnet de meunier dont la pointe lui battait le col,

Lagrange était en train de tailler une « éguille » de chêne pour remplacer une pièce du bâti de la « croupe », cage de bois d'où sortaient les ailes du moulin, qui était vermoulue. D'ici peu, les premiers mulets chargés de sacs de grains se présenteraient au moulin, et son outil devrait être en parfait état. Dans la journée, expliqua-t-il à Albert, il avait revu le « collet », partie de l'arbre qui tournait sur une pièce de bois, le « crapaudin », pièce de fer à l'extrémité de l'axe, qui avait rendu l'âme à la fin de le précédente saison, et vérifié les « mémelles », chevilles de chêne implantées dans le rouet, indispensables à la transmission du mouvement. Les toiles, soigneusement reprisées, étaient carguées comme des voiles de bateau, dans l'attente des prochains zéphyrs. Les « entribus » supportant les ailes avaient aussi été consolidés, et la queue qui servait à orienter le toit pivotant était pour l'instant soigneusement amarrée à l'une des seize bornes qui encerclaient le moulin, à distance dans le pré alentour, gigantesque rose des vents.

Dans la journée, Lagrange avait été interrompu dans son travail par une délégation venue de Saussey « chercher le brûlé » : de nombreuses maisons étaient encore couvertes en chaume dans la plaine de l'Auxois, et la coutume voulait que lorsqu'un incendie avait ruiné un paysan, ses voisins allaient avec un charriot chez ses frères en culture du village et des villages voisins « chercher le brûlé » afin de demander paille, foin, semences pour lui permettre de survivre jusqu'à la récolte suivante. Les manants s'acquittaient en nature, le notaire par un louis d'or, le forgeron par un outil ou une brouette neuve, le meunier par un sac de farine. C'était la forme antique et rurale de l'assurance-incendie. Mais cela n'allait pas sans de longs conciliabules et d'évocation de la misère du temps ; le passage du « brûlé » avait fait perdre à Lagrange une bonne partie de son après-midi. Il lui restait à revoir et graisser tout son mécanisme, ce qu'il proposa à Albert de faire le lendemain en sa compagnie. Ils s'endormirent donc tous deux dans les bas-flancs du rez-de-chaussée qui servait d'habitation temporaire au meunier durant la saison de travail, après avoir éclusé un godet de marc de raisin, pour « tuer le ver ». Le visage vultueux de Lagrange disait assez que chez lui les vers ne devaient guère avoir de chances de survie.

Le lendemain matin, alors qu'un rayon de soleil irisait la poussière blanche en suspension dans l'air, Albert fut réveillé par la voix tonitruante de Lagrange qui à cheval sur une entretoise, les deux jambes pendantes dans le vide, chantait à tue-tête :

Le vieux jigouégnot la veille
Peu lai veille jigouégniot l'vieux
A qu'a jigouégnint ben tos deux
Les deux paurs vieux !
Et tin don bon, belle Madeleine
Et tins don bon belle Madelon

(Le vieux lutinait la vieille,
Et la vieille lutinait le vieux.
Ah qu'ils se lutinaient bien tous deux
Les deux pauvres vieux !
Et tiens donc bon belle Madeleine,
Et tiens donc bon, belle Madelon.)

Armé d'un pinceau et d'un pot de grès, Lagrange, dont la pointe du bonnet virevoltait en tout sens, graissait avec application les sabots de fer et la couronne, elle aussi métallique, qui facilitaient le déplacement face au vent de l'ensemble du toit solidaire des ailes. Lagrange fit signe à Albert qu'un autre pot de graisse de bœuf l'attendait. Escaladant le petit escalier de pierre, puis l'échelle de meunier beaucoup plus raide qui dominait les huches et les énormes meules de pierre, Albert rejoignit son compère dans les superstructures du moulin et s'acquitta de sa tâche. Les huit sabots et la couronne furent bientôt luisants de graisse odorante dans laquelle venaient se prendre moucherons, bourdons et minuscules araignées frissonnantes. Ils se retrouvèrent tous deux, en fin de parcours, debout, de chaque côté des flancs du monstrueux axe de chêne, au niveau de la croupe de la lanterne du moulin. Lagrange ajusta machinalement de la main un « tavaillon », tuilette en chêne, qui menaçait de s'en aller et un instant, ils contemplèrent en silence le panorama qui s'offrait en contrebas : le village de Montceau, aux toits de laves gris bleuté, s'extirpait peu à peu de sa brume matinale, et les aboiements des chiens, les mugissements plaintifs des vaches montaient atténués jusqu'à nos deux compères. Au-delà du village, le plateau de Grandmont, entrecoupé de haies vives, se perdait dans le lointain. Sur la gauche, les prairies de l'Auxois allaient en dégradé de verts de plus en plus pâles jusqu'au pied de la Montagne de Bard très loin à l'horizon, où la route de Paris franchissait le seuil de l'Auxois. Sur la droite, la longue saignée bleutée et sombre de la vallée de l'Ouche piquait droit vers le nord jusqu'à Dijon, tapissée de forêts denses et opaques. Derrière eux, une vaste étendue de chaumes et de « topes » à l'herbe rase, ponctuées de gevévriers sombres, de noisetiers et de ronciers, plongeait vers la forêt proche, aux futaies serrées, oscillant doucement aux vents d'ouest, silencieuse, oppressante, comme montant à l'assaut du moulin, point de mire de toute cette sylve sauvage.

Le marché d'Auxerre

A l'auberge de Bassou, où le repas commandé par Alphonse tirait à sa fin, et où l'Irancy avait délié bien des langues, la salle retentissait d'exclamations joyeuses, tandis que chacun s'appliquait à nettoyer son assiettée d'escargots fleurant bon le beurre aillé ; le poète avait attiré dans un coin son sauveur, le guérisseur de rencontre, et timidement, à voix basse, lui exposa qu'il souffrait d'un mal encore plus redoutable que l'entorse dont il l'avait soulagé. Depuis longtemps en effet il traînait comme un boulet une maladie honteuse, qu'il avait contractée à Paris auprès d'une cousette, et rien ni personne, pas même l'amie de sa mère qu'il fréquentait, Madame Paradis, qui pourtant était experte en la matière, n'avait pu l'en débarrasser. Quelque temps auparavant d'ailleurs, il n'avait pas hésité, comme pour conjurer le sort qui l'accablait, à s'en ouvrir à sa muse :

Toi de mes longs malheurs, douce consolatrice,
En tous lieux, en tous temps, compagne de mes pas,
Je me console entre tes bras,
Du sort et de son injustice !
Et je puis me livrer à tes chastes appas
Sans aggraver ma chaude-pisse,

et cela continuait ainsi :

Tandis que, par de longs supplices
J'expie, hélas, entre tes bras
Un rapide instant de délices
Qui pour moi ne reviendra pas ;

Au chevet de ce lit, témoin de ma souffrance,
O muse, viens t'asseoir ! Que ta douce influence
Dissipe un moment mes douleurs,
Que j'oublie avec toi ma fatale imprudence !
Ou s'il faut encore que j'y pense
Fais-moi trouver du charme à chanter mes malheurs !

Scrutant avec anxiété le front du mage, il lui demanda :

« Qu'y pouvez-vous mon ami ? Je vous assure que si vous me débarrassez de ce fléau, je vous récompenserai à hauteur de votre service. »

Plus accoutumé à panser des plaies et à redresser des membres luxés, Fleury Destouches, c'était le nom du personnage providentiel, se fit méditatif et hocha gravement la tête. Pour se donner du temps, il se versa un verre de « râpe »* fraîche qu'il avait préférée au clairet d'Irançy ou au raisiné d'Auxerre*. Reposant gravement sur la table la cruche suintante de gouttelettes irisées, il s'empara de son gobelet dont il contempla le contenu avec un sérieux d'ecclésiastique avant de s'en humecter les lèvres. Le poète se demandait s'il avait bien compris sa question.

Enfin, l'oracle parla :

– Vous voyez, mon bon Monsieur, il en va de l'usage des femmes comme de celui des boissons : avec la « râpe », fit-il en montrant son verre, on ne risque pas l'hydropysie qui vous guette si vous ne buvez que du vin pur, mais pour sûr le plaisir est moins grand...

Alphonse se serait volontiers passé de ce chapitre moralisateur, et il commençait de donner des signes d'impatience, d'autant que l'Homme Noir, curieux de cet aparté prolongé, jetait des regards vers eux.

– Rassurez-vous, fit en souriant l'homme de l'art, il existe des remèdes à votre mal.

Plongeant dans sa mallette de voyage, il en extirpa un petit in-octavo de cuir qu'il entrouvrit à la page de garde et où Alphonse put voir qu'il s'agissait du « Dictionnaire portatif de Santé », édité à Paris, chez Joseph Barbou, rue des Mathurins, avec Approbation et Privilège du Roi. Quoi de plus rassurant !

Fleury secouant sa crinière se mit à lire, tandis que le poète sortait son carnet de notes :

« Quand celui qui est attaqué de la chaude-pisse a tous les symptômes de l'inflammation, il faut se hâter d'y remédier en lui faisant prendre beaucoup de tisanes et de lavements et le mettre à l'usage de l'opiat suivant :

Prenez, De Savon de Venise, une demi-livre,
De Mercure crud, revivifié au Cinabre, une once et demie.
De Mercure doux, un demi-gros,
De Panacée mercurielle, deux scrupules.

Battez le savon dans un mortier de marbre, avec suffisante quantité de gomme adragante dissoute dans l'eau, jusqu'à ce que le savon soit mollet et réduit en pâte demi-liquide : pour lors vous mettrez le mercure crud, le mercure doux et la panacée dans le mortier, et vous les batterez jusqu'à ce qu'ils s'unissent avec le savon. Quand le tout est suffisamment mêlé, ajoutez-y :

D'Extrait de Bourrache,
D'Extrait de Buglosse, de chaque deux onces.
De Jalap en poudre, trois onces.
De Camphre purifié, une demi-once.

Mêlez le tout exactement avec suffisante quantité de gomme adragante, fondue dans l'eau, pour faire un opiat dont vous prendrez un demi-gros pendant les huit premiers jours, et un gros ensuite tous les jours, jusqu'à parfaite guérison... »

Refermant avec force, en le faisant claquer, son Dictionnaire de Santé, Fleury ajouta rayonnant :

– Et voilà, c'est tout simple, tous ceux à qui j'ai conseillé ce remède ont guéri...

Alphonse, transpirant légèrement, achevait de recopier la recette sur son carnet, cherchant machinalement des rimes en « onces », « livres » et « gros ». Il remercia vivement son interlocuteur, et lui dit qu'aussitôt arrivé à Saint-Point, il ferait confectionner cet opiat par son apothicaire, à Mâcon.

– Si vous voulez être à Avallon ce soir, il est temps de remonter en voiture ! annonça le conducteur de la diligence en coiffant sa toque fourrée et en refermant sa jaquette verte, et, du geste, il invita la compagnie à prendre place. Un attelage neuf piaffait dans l'odeur du crottin chaud, rênes bien huilées et grelots de cuivre astiqués de neuf. Pierre Joly et sa femme étaient déjà sagement assis sur la banquette avant, attendant le conducteur. Les passagers de la rotonde aussi s'étaient rapidement installés. Alphonse, Xavier et l'évêque se faisaient des grâces avant de gravir l'échelle du coupé, tandis que Lucile, émoustillée par le clairet d'Irançy, le bonnet en goguette, chantait à tue-tête une comptine de son pays :

« *Un I, un L,*
Cazin, Cazelle
Du pied, du jonc
Coquille, Bourdon
Un loup sortant du bois
Tout habillé de vert, de gris,
Sors petit souris
Te voilà pris.

Vigoureusement poussée aux fesses par Jeannot, elle se décida à prendre place à l'intérieur ; cela eut pour effet de déclencher des bribes de patois enfantins :

« Sainte Aippoline, aicheurtée (assise) su l'ai pierre,
Sainte Aippoline, quoué que vous fiez don lai ?
J seus v'nie pour le mau de dents
Vous demander une petiote peurière
D'aivou l'aidiement (aide) d'Sainte Brigitte et d'Saint Jean
Chi ç'ot (si c'est) eine gâture, ille tomberai
Chi ç'ot ein ver, i sauterai,
Chi ç'ot une goutte, i s'en irai...
Raige du monde, raige de dents
Ailley-vous-z-en ai l'instant. »

Le son de la trompe du conducteur, suivi des claquements de fouet des postillons, et le démarrage brutal de la diligence vinrent la plaquer contre la banquette et lui coupèrent le sifflet un instant.

La rue principale de Bassou était très courte, et tout de suite l'attelage se trouva en pleine campagne. Les « bouchures », haies vives, qui encadraient les « novales » récemment défrichées, marquaient le paysage tout au long du chemin qui était détestable : ornières, fondrières remplies d'eau croupie, petits gués dont la voiture ne se sortait qu'avec peine, retardaient la marche du véhicule ; un fort vent de face s'était aussi levé qui augmentait encore la peine des chevaux, pourtant des boulonnais puissants aux muscles rebondis.

On traversa un petit village, Appoigny, dont toutes les maisons de bois se blottissaient autour de l'église. Ce devait être jour de lessive ou de « grande bue », car partout des hardes, chemises, cottes, draps, torchons avaient été mis à sécher, aux balcons, aux lucarnes, sur les portillons des jardinets et même au sol, bien étalés sur l'herbe verte.

Sous la vive pression des postillons, l'attelage avait repris de l'allure et, avait franchi le petit ru de « La Baulche » dans un grand jaillissement d'eau, quand le train avant de la diligence pivota brusquement dans la berge spongieuse et la roue gauche resta fichée profondément dans le sol ; toute la caisse bascula lentement sur le côté. La voiture ne se coucha pas complètement, et les voyageurs purent sortir par les portes droites de l'engin. L'angoisse avait été vive et tous avaient présent à l'esprit les quatre mille accidents et les mille morts répertoriés sur les routes l'année précédente dans le Royaume. Le conducteur et les deux postillons firent le tour de la voiture et s'approchèrent du train avant : par malheur, l'axe était faussé et il allait falloir réparer. Il était hors de question de rouler dans cet état. On était à une bonne lieue d'Auxerre et l'on apercevait la tour unique de la cathédrale Saint-Etienne, droit devant, dans l'axe du chemin. Le conducteur avait bien dans son coffre, comme le règlement l'y obligeait, tenailles, crics, pièces de rechange, mais il n'était pas pensable de voiturer avec soi des pièces aussi lourdes que des axes de roues. Il allait falloir démonter le train avant et emmener le tout à un charron pour le redresser ou en forger un neuf sur le même modèle. Aussi, après s'être concertés avec les voyageurs, les trois hommes suggérèrent-ils que les passagers aillent les attendre au relais d'Auxerre, qui était tout proche, qu'ils y passent la nuit ; pendant ce temps, ils se faisaient fort d'effectuer la réparation.

Malheureusement, dans l'accident, le cercueil de l'Homme noir s'était libéré de ses amarres et avait glissé au sol : le couvercle entrouvert laissait voir plusieurs flacons de vin, soigneusement enveloppés dans du papier de soie. Les rires fusèrent. Seul, Xavier ne souriait pas. Le sourcil froncé, il s'empressa de refermer le couvercle, puis se ravisant, il l'entrouvrit à nouveau, et bon prince, dépouilla l'une des bouteilles de sa garniture froufroutante, extirpa de son gilet son tire-bouchon de voyage à poignée d'ivoire jauni, et offrit une tournée générale aux voyageurs dans un délicat tastevin d'argent qu'il sortit également de ses profondes. Chacun s'extasia sur le velouté du breuvage, sa rondeur apaisante et sa belle couleur framboise. Orgueilleusement, l'homme de théâtre donna toutes précisions sur son clos, affirmant qu'il s'agissait là d'une de ses meilleures cuvées, à laquelle il veillait personnellement. Les femmes présentes refusèrent une deuxième tournée, mais les hommes se partagèrent à tour de rôle le fond de la bouteille avec des claquements de langue élogieux. Après quoi, Xavier essuya son tastevin à l'aide de son mouchoir de fine baptiste, le fourra dans ses chausses, puis se déclara prêt à suivre le mouvement. Le petit groupe s'ébranla en direction d'Auxerre, abandonnant sur place postillons et conducteur.

Offrant galamment son bras à Madame Joly, le chef de la Communauté de Pervy, ouvrit la marche, suivi du reste de la troupe qui s'étira bientôt le long du chemin, l'évêque fermant le groupe, se dandinant dans ses mocassins de cuir noir aux boucles d'argent qu'il entendait ménager, choisissant avec précaution de marcher sur l'herbe rase entre les ornières boueuses.

Le patriarche, revigoré par la présence féminine à son bras, arpentait la route d'un bon pas, distançant progressivement l'ensemble de la troupe, jusqu'à ce qu'il prît conscience de son avance. S'arrêtant près d'une maisonnette qui semblait abandonnée, il cueillit une fleur de clématite qui s'enroulait le long du tronc d'un vieux prunier et la ficha dans la chevelure de sa compagne et lui demanda :

– Savez-vous, Madame, comment on appelle cette plante dans notre Communauté ?

– Une clématite, naturellement, répondit Marguerite.

– Eh bien non, pour nous, c'est « l'Herbe aux gueux ».

– Tiens donc, et pourquoi ?

– Tout simplement, parce que c'est de cette plante que les braillards que l'on rencontre dans les foires se servent pour simuler des plaies artificielles, à partir du jus qu'ils en recueillent, pour apitoyer les passants.

Marguerite se souvenait effectivement avoir vu plusieurs fois des malheureux, tant sur la place de Dôle que sur la marché du Saulnot, qui étalaient à la pitié des passants des ulcères impressionnants et des plaies sanieuses qui semblaient les clouer au sol au milieu de leurs hardes éparses ; elle s'était toujours étonnée de les voir s'enfuir à toutes jambes à l'approche des uniformes de gendarmes. C'était donc là l'explication de leur agilité...

On approchait peu à peu des faubourgs de la ville : d'étranges maisons aux murs crayeux où saillaient de nombreux silex luisants bordaient la route, avec pignons, auvents et minuscules fenêtres ; des potiches vernissées dans lesquelles proliféraient basilic, persil et buissons de thym y étaient appendues. A d'autres fenêtres, les notes vives de résédas, de géraniums multicolores, roses, rouge orangé et blancs, mettaient des touches gaies faisant oublier la misère de ces demeures de paysans.

Puis ce furent des boutiques, humbles regrats aux profondeurs obscures et enfumées où des marchands vendaient du sel, des ustensiles de cuisine, des outils de manants, pelles, pioches, rateaux, meigles de vignerons*. De petits ateliers dans le fin fond desquels on voyait pendre des chandelles de résine, retentissaient de bruits de marteaux, de scies, de râpe. Ici on assemblait des chaises, là on sculptait des sabots, accrochés par paires aux montants des portes, ailleurs encore on martelait des lanternes qui serviraient plus tard dans les écuries. Plus loin, la chaude odeur de froment s'exhalait d'un fournil de boulanger. Les voyageurs rencontrèrent tout un petit monde affairé de coursiers, d'enfants hâves aux yeux cernés, de lavandières qui revenaient en jacassant d'un lavoir proche, leur lessive nouée en ballot sur la hanche, tenant de l'autre main leurs battoirs luisants ; des paysans revenaient d'un pas lourd de leurs champs, fourches et binettes en travers des épaules ; un peu plus loin, environné d'un buisson de longues lianes d'osier blanchi, un rempailleur, le front penché, faufilait ses brins sous le regard indifférent des passants de plus en plus nombreux, à mesure qu'on approchait de la ville.

Un rassemblement plus dense attira l'attention de nos voyageurs : à la porte même de la ville, sitôt franchie la muraille, un petit échafaud avait été dressé au milieu duquel avait été érigé un lourd poteau de chêne adossé à un petit banc. Sur le banc, le cou enfermé dans un carcan métallique, soigneusement cadenassé, se tenait un condamné, les mains enchaînées derrière le dos, le visage apeuré, roulant des yeux terrorisés, aux traits vultueux exprimant toute la misère du monde. De chaque côté de lui, se tenaient debout deux gendarmes en tenue, le sabre nu à la main, faisant reculer les badauds. Au-desssus de la tête du condamné, un écriteau de bois avait été cloué dans le poteau, sur lequel on pouvait lire, tracé au charbon noir :

Pierre Bougnioux, dit le Malin, fils de Simon, de Nitry, condamné à vingt-cinq ans de travaux forcés pour meurtre.

Les deux gendarmes avaient de plus en plus de mal à contenir la foule d'où s'élevaient des murmures accusateurs, et jetaient des regards inquiets à droite et à gauche, attendant visiblement quelqu'un. Une sorte de géant à la face rubiconde escalada l'échafaud. C'était le bourreau attitré d'Auxerre dont l'arrivée imposa silence. Avec sa grande lévite bleu roi, sa cravate de mousseline bouffante, son chapeau noir et cylindrique, ses bottes souples aux rabats retournés, il avait belle prestance. S'approchant du condamné, il extirpa une clef de sa poche et ouvrit le cadenas du carcan. Il n'allait tout de même pas exécuter cet homme sur place sans autre avertissement...Non, il se contenta de remplacer le carcan par une chaînette de fer torsadée qu'il serra autour du cou du meurtrier, puis, accompagné des deux gendarmes, il descendit les quelques marches de l'échafaud, tirant à lui le condamné sous les huées et l'entraînant sur la chaussée, où il s'éloigna, tandis que les gendarmes lui frayaient un passage au milieu de la foule qui s'écartait craintivement.

Cette vision laissa une impression pénible à l'assemblée qui se dispersa, comme à regret. Notre groupe pénétra dans la ville et arriva bientôt au pied de la Grosse Horloge dont le gigantesque cadran doré enjambait la rue menant à la place du baillage : les heures, les mouvements du soleil et de la lune étaient inscrits à son double cadran. Au passage, Denis Quinard, l'agent voyer de Beaune, fit remarquer à ses compagnons de voyage la loggia que Cadet Rousselle, l'huissier d'Auxerre, avait fait ouvrir dans la façade pour agrandir sa maison « sans poutre ni chevrons ». C'était jour annuel de marché aux étoffes. Les aubergistes avaient sorti des bancs qui empiétaient sur la chaussée où de joyeuses tablées sirotaient les vins de Beaune, d'Irancy et de Sainte Nitasse. Au fronton de l'une des auberges, le propriétaire avait recopié des vers de Roger de Colerye, poète officiel de François Ier :

Faut aller boire à Irenci,
Et engager robe et pourpoint.

Des enseignes de métal forgé flottaient au vent annonçant ici un menuisier, là un serrurier, là encore un horloger, et renseignaient la clientèle sur les activité des échoppes. En cette année 1840, seuls quelques rares Français savaient lire couramment, et les enseignes les informaient mieux qu'un long discours de la nature du commerce pratiqué...

Des étals de marchands avaient envahi la chaussée aux pavés disjoints et ce fut le tour de Louis de Frémont, le prévôt de Louhans, dont la femme gérait un commerce de tissus sous les arcades de sa ville, et qui s'y connaissait en étoffes, de détailler à ses compagnons la variété des marchandises offertes, dont les rouleaux et les coupons étaient étalés à profusion. Il y en avait pour tous les goûts et toutes les bourses, et les transactions allaient bon train entre les marchands retors et les ménagères caquetantes : baracans en poil de chèvre, calmandes en belle laine lustrée pour les robes de prix, monceaux de chenevotte, ou chanvre brut dont on avait retiré la filasse, « surtouts », ou casaques qu'on mettait l'hiver sur les autres habits, hardes de laboureurs, pièces de poulangis* en laine et fils pour confectionner des cottes solides, ganaches* pour bouviers, siamoise rayée de Trévoux en fil et coton pour tailler des vestes d'été, grisettes ou étoffes grises servant aux tenues d'escholiers, linceuls en draps de lin pour les lits des bourgeois, filoselles, espèces de « fleurets » en bourre de soie mêlée de laine et de soie appréciées des artisans de plein air, droguets en ratine et serge, moitié fil, moitié laine, affectionnés par toute la gent de justice, buissons de fontanges multicolores en soie, enlin, bouclés en nœuds variés, larges, étroits, se répandant en longs rubans, ou ramassés en fleurs denses que les belles fichaient dans leurs cheveux, serges dressées sur leurs mannequins de fer par les tixiers et les sergers des environs*.

Sur la place du Baillage, une vieille femme avait installé son rouet et dévidait sa quenouille tourbillonnante avec une rapidité déconcertante, ses longs doigts diaphanes et lissés par l'ouvrage en faisaient naître un fil torsadé, fin et régulier qui apparaissait comme par magie entre ses mains, s'enroulant aussitôt dans la gouttière de son rouet. De son pied droit elle animait sa roue d'un mouvement de pédale souple que rythmait la béquille de coudrier verni. Devant elle, au sol, sur une couverture, s'alignaient de beaux écheveaux de laine blanche qu'une fillette proposait à la clientèle. Marguerite, Lucile et la femme du gentilhomme verrier en achetèrent chacune trois écheveaux, à la grande satisfaction de la fillette dont le petit visage cerné de son bonnet s'éclaira. Pendant ce temps, sa mère n'ayant pas interrompu son ouvrage salua de la tête ses clientes et leur souhaita bonne route quand elle eut compris leur aventure.

S'arrachant à regret à cette place animée, notre troupe s'enquit du relais-de-poste. Il se trouvait en bas de la ville, le long de l'Yonne, au quartier de la Marine. Ce quartier tenait son nom des bateliers et des mariniers qui y accostaient en grand nombre, convoyant vers Paris de lourdes barriques de vin de Bourgogne, des chargements de pierres de Comblanchien, des sacs de grains, des bœufs de l'Auxois qui beuglaient leur solitude, et surtout les interminables trains de bois descendant du Morvan proche. Dans une niche à encorbellement, Saint Nicolas, écrasé sous une mitre dorée énorme, sa crosse appuyée sur l'épaule gauche, bénissait de l'index et du médius droits les « gens de la rivière » dont il était le patron. A ses pieds, une barque et une nacelle où s'agitaient des angelots faisaient le bonheur des passants.

Le relais était à proximité, face aux quais, dominé par l'antique sanctuaire de Saint-Germain dont les arcatures ciselées contrastaient étrangement avec les humbles demeures de mariniers, tapies à ses pieds. Plusieurs attelages attendaient, rênes pendantes, le bon vouloir des garçons d'écurie. Le long des quais, une péniche et deux plates, où s'activaient des mariniers, étaient à l'amarre, leurs plats-bords enfoncés au ras de l'eau. Pour l'heure, debout sur leurs embarcations, les mariniers, revêtus de leurs courtes blouses de poulangis, foulards rouges et jaunes noués autour du cou, étaient fort occupés à observer et interpeller une escouade de « flotteurs » qui convoyaient des trains de bois descendant au fil de l'eau. C'étaient les derniers de la saison.

Anspects en main*, les rudes « flotteurs » étaient fort occupés à diriger leurs convois de sapins et à éviter qu'ils ne viennent heurter les gabarres amarrées au quai. Solidement couplés par des cordages de chanvre, les trains de sapins du Morvan s'écoulaient lentement, canalisés par les « compagnons de rivière », maniant anspects et « fouine » à trois dents. L'un d'entre eux, les pieds dans l'eau, pesait lourdement sur un gouvernail qu'il avait fixé à l'arrière d'un train de bois flottant, hurlant des ordres aigus à ses compagnons qui couraient pieds nus d'un bord à l'autre du charroi humide, au risque de perdre l'équilibre. Leur agilité de singes arrachait des vivats à leurs compagnons à bord des gabarres, tandis que sur la berge, courant devant le train, un compère s'apprêtait à saisir la « vrisse »*, lorsque cela serait nécessaire. Mais à Auxerre, les eaux étaient « bâtardes », comme ils disaient en leur jargon, et il suffisait de se laisser aller au fil de l'eau. En passant devant Saint-Nicolas, tous ces jureurs et ces forts en gueule se signaient à tour de rôle et reprenaient leur tâche aussitôt. Peu à peu l'ensemble des trains défila devant l'assistance et s'éloigna, au grand soulagement des présents, car il n'était pas rare que les « flotteurs » accompagnent leur passage de quelque coup d'anspect en guise de réponse aux remarques que l'on pouvait leur faire. Les flotteurs évitaient par principe de toucher terre et installaient sur leurs radeaux une petite cabane rudimentaire couverte d'une bâche où ils se regroupaient le soir autour d'un poêle rond à un trou pour confectionner leur souper, une fois leurs radeaux amarrés pour la nuit. Ils y disposaient aussi de quelques bottes de paille, de couvertures de laine. A l'étape, ils ramassaient du bois mort avec lequel ils réchauffaient leur pitance assez monotone d'ailleurs, faite de potées, de harengs saurs qu'ils piquaient avec une fourchette pour les brûler à la flamme afin de les « dépiauler »* plus facilement, et de fromages – Soumaintrain, Epoisses, Chaource ou Chevrotons de Mâcon-. Bon nombre de « rateliers » étaient aussi des « grenouilloux », qui n'oubliaient pas d'emporter des lignes de fond et de gros vers avec lesquels ils capturaient de belles anguilles, carpes ou brochets, qui amélioraient l'ordinaire et qu'ils devaient disputer aux rats qui leur faisaient un cortège jusqu'à Paris.

Tout émoustillé d'avoir revu quelques confrères en batellerie, Benoît Carré, le voiturier d'eau qui faisait partie des passagers de la diligence accidentée, resserra autour de son cou son foulard rouge qu'il avait dénoué pour saluer ses confrères, et pénétra dans le relais, à la suite de ses compagnons de voyage, après un dernier regard ému à la rivière. Non loin de là, sur le quai où traînaient quelques ajasses* rouillées, il avait aussi repéré un chantier de construction fluviale où tout un petit monde de menuisiers s'affairait autour d'une quille de chêne épaulée de traversiers qui la maintenaient bien droite, reposant sur une « semelle » où étaient peu à peu assemblés « bordés » et « fonçure ». Des senteurs de goudron chaud et de résine fumante enveloppaient le tout.

La vaste salle du relais grouillait de voyageurs, et il fallut toute l'autorité du patriarche du Pervy, pour obtenir du maître de poste un coucher pour tous. Les femmes étaient épuisées par leur marche forcée et furent prises en charge par les servantes, tandis que le maître de poste, en bras de chemise, se faisait expliquer les évènements de l'après-midi ; lorsqu'il connut l'identité du conducteur et des postillons, il rassura les accidentés et leur garantit qu'ils pourraient sûrement repartir le lendemain matin, un excellent forgeron étant établi à Appoigny, connu de tous. Il était sept heures passées, et la salle bruissait de conversations après souper des voyageurs de deux autres diligences, qui s'apprêtaient à passer la nuit sur place. Il ne restait plus dans la cheminée que deux méchantes poêles où, sous l'action des braises rougeoyantes, gonflaient un « crapiaud » bon pour un paysan et une « tatasse » un peu plus fine, mais peu engageante, aux tonalités crème, où étaient noyées quelques cerises. Devant la grise mine du groupe, le maître de poste se fit rassurant. Qu'on lui donne une demi-heure, et il se portait garant d'un bon souper : à l'entendre, son saloir regorgeait de pièces de gibier, de portions de lard maigre, de terrines de toute sorte ; ses gamins avaient effectué une abondante récolte de girolles odorantes, le matin même, et la levée du poulailler situé dans l'arrière-cour avait rapporté trois douzaines d'œufs bien frais.

– Tenez, proposa-t-il, pour vous faire patienter, car les deux grands hommes s'étaient présentés, je vais vous faire connaître un vin royal.

Il attira à lui une « chevrette », cruche en faïence bleutée aux flancs rebondis rehaussés de feuillages bleu foncé, et en partagea le contenu entre les hommes présents. Aux murs, et dans un vaisselier gargantuesque à cinq corps, couvrant toute la paroi latérale de la salle, les voyageurs remarquèrent des faïences identiques, aux teintes bleutées, surchargées de dessins à la main, très déliés et élégants, assiettes, plats, soucoupes, bols et cruchons en provenance des ateliers de potiers de la Puisaye voisine.

– Ce vin est bien rond, long en bouche, et fait même la « queue du paon », mes compliments, d'où le tenez-vous ?, déclara sentencieusement Xavier s'adressant au maître de maison.

– Messeigneurs, vous saurez que je ne me suis pas moqué de vous, ce vin provient du Clos de la Chaînette, tout près d'ici ; ce vignoble a été planté il y a bien longtemps par les moines de St-Germain et, jusqu'à ce que Louis XIV s'entiche du Romanée-Conti, il alimentait exclusivement la table des rois de France...

– Votre chevrette et vos faïences ne sont pas mal non plus, intervint Sylvestre Chauvelot, le gentilhomme verrier qui faisait partie de l'expédition, je suis moi-même un peu de la partie, et je m'étonne de ces bleus remarquables que vos artisans obtiennent.

– Ils n'ont pas de mérite spécial à cela : ils se contentent de broyer certains minéraux que leurs ancêtres leur ont indiqués dans le Morvan. La terre contient dans certaines carrières un pigment particulier qui donne ces couleurs, mais je ne sais de quoi il s'agit. Certains disent qu'il s'agit d'un minerai mystérieux, le cobalt, du nom des lutins Kobold, que nos lointains ancêtres, les Celtes, avaient amenés avec eux dans leurs chariots, il y a bien longtemps...

– Tenez, fit-il en entraînant Sylvestre en direction des cuisines, regardez là, vous qui êtes amateur de belles pièces.

Et il découvrit à Sylvestre dans une encoignure, une somptueuse fontaine en provenance, lui dit-il, d'un atelier de poterie d'Ancy-le-Franc : ventrue à souhait, elle se débondait par le bas au moyen d'un petit robinet lui aussi en faïence, qui sortait de la bouche d'un faune à la chevelure rousse. Le corps était entièrement peint sur un fond bleu clair d'images allégoriques, d'angelots, d'oiseaux imaginaires, d'instruments de musiques célestes dans les tons ocre et bleu marine. Le couvercle était constitué de deux truites bronzées et luisantes semblant pleines de vie, accolées museau contre museau, encadrant une coquille Saint-Jacques stylisée, rehaussée elle aussi de fins stylets bleu profond.

– C'est un véritable chef-d'œuvre, s'exclama Sylvestre.

– Je ne le vous fais pas dire, répliqua orgueillleusement l'aubergiste, je l'ai payée quatre louis d'or, il y a trois ans...

Il fut interrompu par la tenancière qui vint annoncer que le souper était servi. La tablée avait été dressée un peu à l'écart du reste de la salle. Dans une marmite de fonte, les attendait une odorante soupe de vendangeur où mitonnait un jarret de veau. Des croûtons luisants de fromage filant surnageaient, appétissants. La marche forcée des voyageurs avait creusé les estomacs et en un rien de temps, la soupe disparut des écuelles ; puis les servantes apportèrent triomphalement deux lèches-frites où se prélassaient des omellettes baveuses à souhait truffées de girolles orangées, fruits de la récolte du matin et ponctuées de basilic haché menu. Une cancoillotte épaisse, où beurre et « méton » de lait caillé se mariaient allègrement, suivit dans un silence religieux, brutalement interrompu par des sons cuivrés tonitruants qui s'élevèrent du fond de la salle. Là, autour d'un personnage haut en couleur qu'on disait belge, coiffé d'un haut-de-forme bien ciré, le reste de la pratique s'était rassemblé. Il pouvait avoir une trentaine d'années, et tenait en bouche un étrange instrument de cuivre, sorte de trombone, aux touches de piano étagées, dont il tirait des sonorités de trompe déconcertantes :

il s'agissait d'un nommé Sax, d'après le maître de poste, qui renseigna les voyageurs, et effectuait un tour de France pour faire connaître son nouvel instrument qu'il venait de créer, le saxophone. L'assemblée lui réclama à grands cris de mettre en musique une chanson locale, et reprit en chœur l'hymne d'Auxerre à l'un de ses plus célèbres enfants, faisant vibrer toutes les solives du plafond :

Cadet Rousselle a trois maisons,
Qui n'ont ni poutres ni chevrons,
C'est pour loger les hirondelles,
Que direz-vous d'Cadet Rousselle,
Ah ! Ah Ah ! oui vraiment,
Cadet Rousselle est bon enfant.

Cadet Rousselle a trois habits,
Deux jaunes, l'autre en papier gris,
Il met celui-là quand il gèle,
Ou quand il pleut, ou quand il grêle,
Ah ! Ah ! Ah ! oui vraiment,
Cadet Rousselle est bon enfant...

Les oreilles tintantes de ces sonorités cuivrées, la tablée fit ensuite honneur à un tartouillat aux pommes dont la belle pâte à chou crevée par les cuillers laissait échapper des odeurs succulentes de pommes vanillées. La patronne vint ensuite s'enquérir de la satisfaction de sa clientèle, tenant dans ses bras son dernier-né. Lucile s'en empara, tandis que la tenancière faisait le tour de la table. Couchant amoureusement l'enfant dans ses bras, elle lui susurra doucement :

J'avais une soif de l'Yonne,
Voulant savoir à quoi l'Auxerre,
En homme de Sens,
J'y Joigny un peu de vin,
Et je dis : Tonnerre, Avallon.

C'était ainsi qu'en 1840 la géographie était enseignée aux enfants bourguignons.

Ce soir-là, exceptionnellement, Xavier Forneret ne dormit pas dans son cercueil...Dans la nuit, de violents coups dans les portes des chambres vinrent informer les passagers que la diligence était réparée et que l'on partirait tôt le lendemain matin, à cinq heures au plus tard, pour rattraper le temps perdu.

A la corne du bois

Le lendemain, effectivement, sur le quai de l'Yonne, devant le relais, la diligence des Messageries « *Laffitte et Caillard* » était là, non seulement réparée, mais superbement briquée, ses flancs jaune-or reluisant de frais, ses harnachements bien huilés, ses lanternes, montre de carrosse astiquées et brillantes de tous leurs cuivres, les articulations des ressorts soigneusement graissées. A distance, lui tournant le dos, face à l'Yonne qui paressait déjà de bonne heure, Alphonse, solitaire, sanglé dans sa redingote cambrée à la taille, murmurait et soliloquait face aux vagues ; l'évêque, qui s'approchait, put l'entendre :

– Un seul être vous manque, et tout est dépeuplé...

– Vous méditez, mon cher poète ? interrogea l'ecclésiastique.

– Non, soupira le grand homme, je pense à ma jument Saphir, que m'a offerte le Sultan Abd-Ul-Medjid. Après cet accident d'hier, j'ai comme le pressentiment que je ne suis pas près de pouvoir la chevaucher de nouveau à travers mes vignes. J'ai peur...

– Allons, allons, ce sentiment n'est pas celui d'un chrétien. Et, pour faire diversion, l'évêque lui montra, au-delà de l'Yonne un somptueux arc-en-ciel, qui venait de jaillir dans la petite brume rosée du matin et enjambait l'horizon.

– Vous savez comment on appelle par ici l'arc-en-ciel ?

– Ma foi, non ?

– C'est, disent les gens de l'Auxois, la couronne de Saint Bernard. Quand il est double, le mieux venu des arcs est l'œuvre du saint, l'autre, l'œuvre du Démon...

Et le prêtre entraîna Alphonse vers la diligence. Après un dernier regard à l'enseigne du relais qu'ils n'avaient pu voir la nuit : « Ici, on loge à pié et à cheval », les deux voyageurs s'engouffrèrent dans le Coupé qui leur était réservé.

Les postillons étaient en train d'atteler un cheval de « renfort » devant l'ensemble du convoi : la prochaine étape en effet était Saint-Bris-la-Vineuse à laquelle on accédait par une série de rampes dures aux attelages, et le « Livre de poste » que contrôlait avec une attention sourcilleuse Pierre Joly prescrivait d'ailleurs ce cheval de renfort. Le marinier Benoît Carré, qui avait à faire aux chantiers d'Auxerre, ne poursuivait pas le voyage, mais avait tenu à venir saluer ses compagnons des jours précédents. A sa place, un nouveau venu, drapé dans une houppelande grise de voyage, coiffé d'un feutre noir à larges bords, présentait son passeport au maître de poste, puis au conducteur : ces derniers purent ainsi apprendre que ce nouveau passager se nommait François Lavenand, était un artisan originaire de Sens, et qu'il était batteur d'or. Le propriétaire de l'atelier, où il exerçait ses talents, l'avait chargé de livrer de ville en ville, de Sens à Lyon, des commandes de feuilles d'or destinées aux relieurs, décorateurs, et céramistes de la région.

A peine installé à l'Intérieur de la diligence qui démarrait, il entreprit d'ailleurs de raconter son curieux métier aux autres voyageurs, qui n'en avaient jamais entendu parler. Son art consistait à réduire en feuilles d'or d'une extrême minceur des lames d'or préalablement ramollies à la chaleur de fours de terre. Avec orgueil, François Lavenand raconta que ce procédé ne datait pas d'hier, puisque les Egyptiens, puis les Romains, selon les dires de Pline, usaient de même : Néron, qui n'était pas à une extravagance près, avait fait décorer le théâtre de Pompéi, à l'aide de ces mêmes feuilles d'or pour une représentation d'une seule nuit...Près de Sens de nombreux ateliers perennisaient cette technique. Après deux fusions qui transformaient les lingots en une masse mielleuse, les compagnons batteurs faisaient passer une trentaine de fois le lingot entre deux cylindres jusqu'à obtenir un mince ruban. Celui-ci était ensuite découpé en fines parcelles qui étaient intercalées entre des feuillets de parchemin d'une sorte de petit livre, « le cauchet », soumis au martelage appliqué des batteurs d'or. Dans cette opération, les petites lames doublaient de surface. Après quoi, elles étaient délicatement interposées entre les feuillets d'un second outil, le « chaudret », composé de fins boyaux, et subissaient un nouveau martelage.

– Et il ne faut pas ménager sa peine, fit l'artisan, en exhibant un avant-bras massif, boursouflé de muscles globuleux et violacés aux veines turgescentes. C'est sous cette dernière présentation que les feuilles d'or étaient livrées à la pratique, relieurs, encadreurs, marbriers, passementiers, ébenistes, qui les utilisent pour leurs travaux. Ouvrant sa mallette, François s'empara de l'un de ces chaudrets et, le feuilletant tel un missel, il fit admirer à ses compagnons de voyage la splendeur fascinante de l'or. Devant les regards brillants de convoitise que cette vision déclencha, il referma vite d'ailleurs son chaudret et l'enfourna au plus profond de sa mallette.

Un son de trompe tonitruant fit converger les

regards vers l'extérieur : deux messagers au galop demandaient le passage.

– « La Grande Poste », renseigna aussitôt le prévôt. Un postillon à cheval, coiffé de son haut-de-forme, sonnait allègrement de sa corne de cuivre, accompagnant un postier du roi en tenue. Le tapis de selle aux armes de Louis-Philippe indiquait assez l'appartenance du cavalier au service des précieuses Dépêches Royales cadenassées dans le porte-manteau fixé à la croupe du cheval. A Saint-Bris, la prochaine étape, le maître de poste aurait à fournir aussitôt et à ses frais un cheval reposé au messager, tandis que le postillon ramènerait ses deux montures au relais d'Auxerre. La « Grande Poste » allait ainsi deux à trois fois plus vite que le « courrier ordinaire ».

Sur la banquette de la diligence, la rencontre des deux cavaliers qui disparaissaient déjà sous les arbres loin devant, avait aussi déclenché des réflexions. C'était Pierre Joly qui se penchant sur Marguerite lui confia :

– Quand je pense que maintenant, il faut payer le courrier que l'on expédie, c'est vraiment honteux, mal élevé et faire injure à son correspondant, et le considérer comme trop gueux pour pouvoir régler son propre courrier...Si cela continue, bientôt on timbrera les lettres, comme des actes officiels ! Dans ma jeunesse, on n'écrivait en port payé qu'aux curés pour avoir des extraits de décès, ou aux majors de l'Armée pour avoir des nouvelles des siens blessés.

– Vous oubliez, mon ami, plusieurs choses, lui répartit Marguerite, d'abord qu'en 1789 les politiciens, que vous aimez tant, profitèrent de cette faculté pour adresser à la France entière leurs abominables lettres de propagande, ensuite que nos chères communautés religieuses, telles les Capucins de Chalon, usèrent gentiment de cette charité chrétienne pour se faire adresser gratuitement le courrier de leurs paroissiens qui les récompensaient à leur manière...

– Oui, oui, bougonna Pierre, n'empêche que nous courons droit à une nouvelle Révolution avec une telle mentalité, les bonnes manières se perdent et ce Louis-Philippe n'est qu'une frigousse.

La marche de la diligence s'était ralentie, freinée par la rudesse de la pente. On approchait de Saint-Bris, que l'on dominait maintenant, tapie au fond du vallon du Ru-de-l'Etang. Il était grand temps pour l'attelage qui frémissait tout entier sous la sueur et expirait bruyamment par les naseaux témoignant de la vigueur de l'effort fourni. Une dernière galopade amena la diligence dans un bruit de ferraille aux portes de la Maison-des-Templiers qui servait de relais. Averti par l'avant-courrier, le maître de poste se tenait prêt avec ses valets et garçons d'écurie à assurer le relais. Sept chevaux harnachés, dont un de renfort, attendaient placidement, tous leurs cuirs luisant des muserolles* aux culerons, les sous-ventrières dûment sanglées. En tête de l'attelage, un puissant percheron boulonnais, à la robe blanche légèrement pommelée, à la queue ramassée en chignon, jetait des regards noirs au postillon qui le maintenait, et contractait sa ganache avec une impatience contenue.

Goguenard, un vieil homme, assis sur un banc de pierre devant le relais, réchauffait aux premiers rayons du soleil une jambe de bois, dont les passants se détournaient avec respect.

– Merci, Monseigneur, fit-il à Pierre Joly, qui était descendu de la diligence, son inséparable Livre de Poste à la main.

– Et de quoi, mon brave ? interrogea Pierre, interloqué.

– Mais, c'est grâce à vous si je perçois ma

pension d'invalidité, fit l'infirme en indiquant le Livre.

– ??

– Eh oui, c'est grâce à des gens comme vous que je peux vivre, car la vente de cet indicateur dans tout le royaume sert à payer les pensions des postillons accidentés, comme moi ?

– Ah, eh bien, je l'ignorais, voyez-vous, et j'en suis bien heureux pour vous, répondit Pierre en mettant la main à son gousset et en lui glissant une poignée de monnaie. Alphonse, qui assistait à la scène, toujours généreux, ne voulut pas être en reste et remit un louis d'or à l'invalide, car c'était la seule monnaie que le poète connaissait : n'avait-il pas fait quelque temps auparavant le même cadeau à une fillette qui lui avait tendu un bouquet de coquelicots au bord de la route ? Xavier Forneret alla quérir une bouteille de Beaune dans son cercueil, et en fit présent à son tour à l'ancien postillon. Quant à l'évêque, il se contenta d'une bénédiction appuyée de sa main gantée de velours cramoisi et religieusement baguée. Tout le monde était quitte, et le convoi repartit aussitôt sans faire plus attention aux superbes demeures aux volutes de bois sculpté qui bordaient la rue principale.

La route serpentait entre les vignobles aux ceps bien ordonnés d'Irancy, alternant montées et descentes, pour finalement rejoindre les rives ombragées de l'Yonne jusqu'au petit village fortifié de Cravant, que le convoi traversa en trombe à grand renfort de sons de trompe et de claquements de fouet, indifférent aux reproches muets de la Tour de l'Horloge. La route abandonnait ensuite l'Yonne pour longer le frais torrent de la Cure, à l'onde claire, aux herbes couchées, riche en poissons de toute sorte – anguilles, saumons, brochets – que des paysans capturaient dans des nasses disposées tout le long de son cours. De chaque côté du chemin, la forêt proche faisait une ombre propice, où les rayons du soleil se jouaient à travers le feuillage avec les cuivres de la diligence.

On arriva ainsi rapidement à Vermenton, où un nouveau relais fut pris au pied de la tour ronde et massive du donjon municipal ; à proximité, juché sur une colonne, trônait un superbe cadran solaire qui indiquait six heures, ce que vérifia le patriarche de Pervy, en consultant son oignon à clef. À cette heure, pensa-t-il, dans sa communauté de Perny, ses compagnons étaient déjà dans les champs et les femmes en train de traire les biques. Dès la sortie de Vermenton, on retrouvait la Cure, encore plus vive, plus bruissante sur ses rochers, que le convoi suivit jusqu'à Lucy-sur-Cure, minuscule hameau, où la route obliquait alors résolument sur la gauche, vers le plateau de Betry. Le rythme devenait alors plus lent et, c'est presque au pas, que, petit à petit, la diligence arriva au sommet dégagé du plateau, vaste lande désolée, où paissaient quelques moutons, surveillés de loin en loin par de jeunes pâtres emmitouflés dans des houppelandes, drapés jusqu'au sol. L'horizon reculait jusqu'aux lointaines montagnes de Vézelay et à l'est, à la sombre barre de la forêt d'Hervaux. Tandis que la diligence reprenait de l'allure et adoptait un trot soutenu, Lucile se mit à chanter :

C'é to l'curé d'eceuillon
Qu'ai vo eine cômedie
Ceto l'marguillé Reuillon

Qui s'fo vouèr c'te magie
A chanto a seuillolo
Et par ein varr'on r'gaidon

Ah ! q'a f'so bén vouèr Nanette
Ah ! qu'a f'so bén vouèr

Son peût aibi 'airlequin
Li baillo ein air de diabieu,
Aivon sai bairb'eud'bouquin
A s'demno d'su eine tabieu,
To pou ran, ran tan plan,
V'né vouèr'ein bia bataclan !

Ah ! qu'a f'so bén vouèr Nanette ;
Ah ! qu'a f'so bén vouèr

En y vo'o l'peir Adam
Qui mangriod'cont'sai fonne
Lai frottan et l'ouspillan
Po li aivoi baillé d'sai pomme !
Ai li di d'zo : « Tô no ptiot
Aivon gobé l'hairicot. »

Ah ! qu'a f'so bén vouèr Nanette ;
Ah ! qu'a f'so bén vouèr

Elle s'apprêtait à continuer, lorsque Jeannot lui fit observer les têtes qui dodelinaient à l'Intérieur, chacun recherchant une attitude de sommeil, les uns calés contre les montants de la cabine capitonnée, les autres s'appuyant en confiance sur le voisin.

– Pas étonnant, c'est une berceuse, La Lanterne Maigique de Mossieu le Curé, chuchota malicieusement Lucile à son compagnon, et elle se tint désormais tranquille.

Sur le haut du plateau, apparurent ensuite les bâtiments écroulés de la Poste-aux-Alouettes, autrefois relais, maintenant abandonnée. Des chiens en liberté erraient là, en quête d'un problématique gibier, reniflant le sol. De maigres champs de seigle alternaient ensuite avec des landes à genévriers, sombres cierges d'épineux vert foncé, qui ponctuaient le paysage. Puis, à mesure que l'on descendait vers Lucy-le-Bois, la campagne s'animait : de loin en loin, un paysan, surpris aux travaux des champs, saluait de son bonnet brandi, ou de vieilles femmes courbées sous des fagots trouvaient encore la force de sourire au passage du monstre caracolant. De profondes ornières ralentirent un peu le train avant d'entrer dans Lucy. Maigre étape rassemblée autour de son église de bois et du relais, modeste bâtisse de plain-pied à laquelle était simplement accolée une écurie. Un vaste enclos, où paissaient les chevaux, disputait à la forêt proche un pacage où les genêts et l'herbe rase disaient assez la pauvreté de l'étape. Aux portes du hameau, passé le cimetière, la « route de Lyon » amorçait une descente douce vers Avallon, côtoyant un instant le Vau-de-Bouche, modeste ruisseau à écrevisses, Jeannot en aurait juré. Quant à Xavier Forneret, il fit remarquer à ses deux compagnons de coupé :

– Encore un cimetière sans boîte aux lettres, cela devient insupportable...

La campagne se faisait plus riante et animée : de nombreuses masures et petites fermes aux cours soigneusement closes surgissaient de chaque côté, environnées de blés verdoyants et souples, de pâtures, et de nombreux potagers. Les huit dixièmes de myriamètres qui séparaient Lucy d'Avalon furent enlevés rapidement et le bruit des jantes métalliques tressautant sur le pavé de la vieille cité morvandelle réveilla tous les passagers. Du coup, Lucile reprit avec entrain :

En y vo'o lé bestia
Du grand peir'Noé dans l'Airche
Que s'prom'nein end su lés ias ;
Y en aivo ein'cré pataiche !
A beuglein, a miaulein ;
Ah ! combèn qu'ai se plaindein !

Les hauts murs d'Avallon étaient noyés dans une brume matinale bleutée, hostiles et froids. Du siège de la banquette, où ils étaient soigneusement emmitouflés, les passagers purent voir la haute Tour-de-l'Horloge dominant la vieille ville, tandis que que l'attelage virait à gauche sur la place Vauban ombragée de tilleuls massifs, pour stopper devant l'Hostellerie de la Poste : une animation vive entourait le relais ; deux petites calèches, une limonière, plusieurs attelages, des bidets isolés*, en attente, étaient entourés d'une nuée de valets et de postillons. Pierre Joly s'étonna d'une telle affluence auprès du maître de poste qui veillait aux différentes manœuvres, houspillant la valetaille, une chambrière à la main :

– Cher Monsieur, lui fit-il remarquer, ce n'est pas étonnant, notre ville a toujours connu une belle animation, que ce soit du temps des Sarrazins qu'aussi bien de celui du Capitaine Fortépice. Napoléon lui-même est descendu dans mon hôtel et y a séjourné en mars 1815, à son retour de l'île d'Elbe... » ajouta-t-il en lui montrant orgueilleusement une plaque commémorative apposée au mur de l'Hostellerie. Plus modestement, il remarqua qu'il n'était que l'un des 14000 relais connus dans le Royaume et que sur les 20.000 chevaux affectés à ces relais, il n'en possédait que quarante-huit, ce qui n'était déjà pas si mal...

Le conducteur vint interrompre cet échange en rappelant qu'il fallait rattraper leur retard. Le lourd véhicule repartit au petit trot sur les pavés disjoints qui longeaient les hautes murailles surchargées d'échauguettes de la ville, laissant sur la droite la Tour Beurdelaine et son toit au cône pointu. Dès la sortie d'Avallon, la route de Lyon plongeait dans une forêt sombre, où les fayards et les sapins noirs lui faisaient un cortège oppressant. Des bruyères et des fougères denses montaient à l'assaut des ornières d'où tout un petit monde de lièvres, rainettes, et oiseaux bruissants s'échappaient à l'arrivée du convoi, qui avait pris son rythme de croisière.

A l'intérieur, maintenant bien réveillés, les voyageurs, à l'initiative du prévôt, s'étaient lancés dans une partie de « treubi » : ils avaient mis à plat entre eux un coffre de voyage sur lequel ils faisaient tourner avec entrain le treubi. Sorte de toton à section carrée, qui comportait une pointe et une queue, le treubi portait sur chacune de ses faces une lettre, P, T, M, R, (Prends, Tout, Mets, Rien). Ce jeu se pratiquait dans toute la Bresse et les enjeux étaient des grains de maïs. Mais dans certains bouges de Louhans, qui retenaient toute l'attention du prévôt, le maïs était souvent remplacé par des liards, voire des louis. Tout l'art des joueurs consistaient à bien faire « virer le treubi » en prenant la queue entre le pouce et l'index par un geste vif et contraire des deux doigts. A la veillée, les enfants étaient en admiration devant les anciens qui savaient bien faire « ronfler le treubi ». Tous les regards attendaient avec anxiété de voir de quel côté allait virer le treubi en fin de course pour lire la lettre qui allait décider de la chance ou de la malchance. La partie se terminait lorque l'un ou plusieurs des joueurs avaient perdu tous ses grains de maïs.

– A l'étape de midi, annonça l'épouse du prévôt, je vous montrerai comment on fabrique des « dames »...

– Des dames ? interrogea Lucile les yeux écarquillés.

– Oui, chez nous en Bresse, à la veillée, après les parties de treubi, on met à chauffer les grains de maïs dans une « quesse » à la cheminée, les grains éclatent, pétaradent et sautent de tout côté et c'est délicieux, vous verrez : c'est ce que nous appelons les dames.

Le miaulement brutal des freins serrés à mort sur les jantes ferrées vint annoncer la brutale descente de Sainte-Magnance. Dans la diligence, l'évêque était bien le seul à savoir que dans l'église du village se trouvait le tombeau de Sainte Magnance, l'une des cinq dames romaines qui avaient accompagné dans son long retour à Auxerre le corps de Saint Germain qui avait trouvé la mort à Ravenne. Toute la rue principale était bordée d'auberges et de hangars de rouliers, qui offraient leurs services et leurs chevaux de renfort pour aider les diligences et les nombreux chars de roulage qui peinaient à longueur d'année dans la longue montée qui permettait de s'échapper du profond vallon de Sainte-Magnance. La diligence était déjà pourvue en « renfort » depuis Avallon, conformément au règlement, et l'attelage passa fièrement devant des rangées de manœuvriers et de bouviers ricanant. Dans le bas de la descente, au plus creux du vallon, un lourd charroi de bois était d'ailleurs embourbé dans une fondrière gigantesque. Par prudence, le conducteur fit descendre tous les passagers et les postillons eux-mêmes mirent pied à terre, et, tenant les chevaux par les rênes à distance, leur firent franchir au pas ce passage périlleux, en veillant à ce que leur effort ne faiblît pas. Ils laissèrent sur la gauche le lourd charroi, qui s'extrayait lentement de la vase sous la traction lente et puissante de quatre bœufs aiguillonnés par leurs bouviers.

Au-delà de la boue, la voiture retrouva le sol ferme, mais devant elle la longue montée s'amorçait, interminable saignée entre les mélèzes et les sapins. Les voyageurs remontèrent en voiture et le convoi reprit sa route au pas, gravissant lentement la route de Lyon. A mesure qu'on approchait du sommet de la côte, on pouvait voir tout en haut, à contre-jour deux silhouettes inquiétantes, à cheval, immobiles qui semblaient attendre la diligence. De loin, le conducteur, plissant les yeux, pouvait encore mal distinguer de qui il s'agissait, et il sortit de desssous sa banquette un long pistolet à deux canons dont il arma les chiens et qu'il dissimula sous sa couverture. Les postillons de leur côté avaient fait instinctivement basculer la crosse de leurs mousquetons de bottes, et gardaient maintenant la main sur la crosse, après un regard de connivence entre eux. Marguerite se serra contre son mari et lui glissa entre les mains une longue dague qu'elle avait extirpée de sa mallette de voyage. Le train avait ralenti encore et l'attelage ne progressait plus qu'avec une extrême lenteur. À une centaine de pas enfin, comme les deux cavaliers ne bougeaient toujours pas, le conducteur fit arrêter la voiture. De la rotonde, la voix tonitruante de Denis Quinard parvint à l'avant :

– Ne vous inquiétez pas, ce sont les gendarmes, ils se postent toujours là, au même endroit, pour surprendre les contrebandiers...

Effectivement, en y regardant un peu mieux, le conducteur put discerner la forme caractéristique des bicornes de gendarmes, qui, de loin, leur donnaient une allure de créatures diaboliques.

– Toujours aussi conuches, gothiches et yoyodes, ces gendarmes, ajouta Quinard, au milieu d'un éclat de rire général, où l'on sentait le soulagement : ce n'était que des gendarmes...

Arrivés à leur hauteur, les passagers leur firent des signes goguenards de la main, pour se donner bonne conscience, et leur faire payer leur peur récente. Ils n'avaient rien à craindre, tous étaient porteurs de leurs passeports dûment paraphés par leurs officiers communaux.

Deux minutes plus tard, ils arrivèrent à Rouvray, dont la longue rue droite en pente douce était bordée de chaumières aux toits bas. Devant la Poste-aux-chevaux, dont le long bâtiment en briques rouges s'étirait à la sortie du village sur la gauche, le coursier avant-courrier, parvenu là dcpuis longtemps, sa marche n'ayant pas été entrâvée, les attendait. Il sirotait consciencieusement un pichet de vin de paysan, attablé derrière l'une des fenêtres basses du relais.

– Nous pourrons dîner à Saulieu, fit le conducteur, en consultant le cadran de sa grosse montre de coche, nous y serons vers midi.

Après Rouvray, la route se dégageait peu à peu de la forêt et serpentait sur une ligne de crêtes ininterrompues. Des landes rases, où quelques touffes de genêts seules arrivaient à pousser, permettaient de voir au loin un horizon feutré d'arbres moutonnant où nulle vie n'apparaissait, aux confins du Morvan. Seules quelques fumées bleutées s'élevaient de-ci de-là de clairières obscures, où des charbonniers invisibles s'activaient auprès de meules de charbon de bois. La diligence croisa d'ailleurs deux charrois de ces charbonniers, tractés par des paires de bœufs impassibles. Les galvachers, dont le visage disparaissait sous des chapeaux à larges bord, se contentaient de toucher leurs chapeaux de la main au passage de la diligence, sans regarder. On sentait dans ces personnages une animosité sourde à l'encontre de ces voyageurs, qui pouvaient se payer de tels déplacements, en même temps que la crainte ancestrale de heurter quelque seigneur. On saluait, en touchant son chapeau, sans lever la tête, sans s'arrêter, tout en continuant de marmonner une vague mélopée destinée aux bœufs, et cela devait suffir.

Le chemin se déroulait interminable au milieu de cette nature désolée et en friches, veillant à ne pas s'écarter de la crête. Vieux chemin gaulois, pensa Pierre, qui avait dans sa bibliothèque à Dôle l'ouvrage récent de Rosny sur l'antique cité d'Autun.

Un autre relais fut pris à La Roche-en-Brenil, aux maisons de granit, couvertes de chaumes. Seul le relais se payait le luxe d'un austère toit d'ardoises grises. Ensuite, parvenue à La Croix-Molphey, la route descendait doucement du plateau par petites rampes progressives jusqu'à Saulieu où le dîner était prévu, au grand soulagement des voyageurs dont les courbatures commençaient d'être pesantes. Les nuques et les reins avaient été mis à rude épreuve depuis le départ presque nocturne d'Auxerre.

Le relais de Saulieu était réputé pour la qualité de ses repas. La longueur des hivers avait fait que l'un des principaux plaisirs de ses habitants était de confectionner des plats mitonnés, et le Morvan tout proche fournissait en permanence la table en gibiers savoureux. Faisant quelques pas en s'ébrouant et en s'étirant avec application, les passagers s'intéressèrent un instant à l'étal d'un marchand de fèves, qui avait apporté ses échantillons, et les proposait aux chalands. Soigneusement réparties devant lui dans des petits godets de boissellerie, les différentes variétés qu'il proposait avaient été extraites de gros sacs de toile remplis à craquer : les godets étaient censés contenir des fèves de même qualité que ces échantillons. Un paysan encapuchonné se tenait devant l'étal en train de faire passer alternativement d'un main à l'autre une poignée de fèves. Il n'arrivait pas à se décider, puis saisissant l'une d'elles, il la croqua et la recracha aussitôt en déclarant :

– Elles ne sont pas sèches tes fèves !

– Pas sèches, pas sèches, mes fèves ! suffoqua le vendeur.

– Elles sont tout juste bonnes à faire de la purée pour les cochons, je t'en donne une livre du sac.

– Va donc te faire foutre, mal poli...

Et l'autre s'éloigna en ricanant.

A proximité, un casseur d'assiettes attirait un cercle composé de badauds rigolards et surtout de femmes attentives. Une assiette de rebut dans chaque main, une espèce de Slave aux pommettes saillantes et aux yeux bridés, le bonnet de guingois, hurlait plus qu'il n'interpellait les passants :

– A cinq sous l'assiette qui en veut ?

Personne ne bronchant, il proposa alors :

– A quatre sous alors, vous n'en voulez toujours pas ?

Faisant une mine de plus en plus défaite :

– A trois sous, c'est encore trop cher pour vous ?

Comme toujours personne ne se manifestait :

– Eh bien puisque c'est comme ça, personne n'en aura.

Et il jeta alors violemment au sol les deux assiettes qui se fracassèrent sur le pavé, faisant reculer les paysannes. Se tenant alors la tête à deux mains, pleurant et se contorsionnant, le marchand implorait à genoux l'assistance :

– Si vous ne voulez pas que je fasse faillite, si vous ne voulez pas que ma pauvre femme et mes enfants meurent de faim, alors je vous en conjure, achetez mes assiettes. A deux sous, qui en veut ?

Ce fut alors la ruée : en un clin d'œil, l'étal fut nettoyé en quelques instants y compris les grosses soupières, les poêles et les plats beaucoup plus chers que les assiettes...

Tournant le dos à la scène, face au mur fortifié de la vieille ville, Xavier avait suivi la vente, la tête tordue vers le côté. Interpellé par Alphonse, qui lui demanda ce qu'il faisait, il lui répondit à haute voix :

– Je fais de l'eau... avant d'aller dîner.

Sage précaution, pensa Alphonse, qui vint le rejoindre pour en faire autant.

Devant le relais, le maître de poste, qui avait une jambe de bois était solidement planté sur sa prothèse et veillait au grain, armé d'une chambrière dont la longue mèche venait de temps à autre siffler aux oreilles des valets nonchalants, les rappelant à l'ordre. De Saulieu partaient en effet des convois à destination d'Autun, de Moulin et de Lyon, et il n'était pas question de souffrir le moindre retard.

Les deux compères en littérature pénétrèrent dans la salle du relais où le reste des voyageurs les attendaient déjà. Des fenêtres basses de l'hostellerie, on apercevait au-delà du marché le beffroi de Saint-Andoche, dominant la ville.

L'évêque fut accueilli avec une ferveur toute particulière par le propriétaire et le personnel.

– C'est que, expliqua l'hôte, nous avons nous aussi un évêque à Saulieu auquel nous tenons : s'il n'est pas à la tête d'un aussi puissant évêché que vous-même, Monseigneur, il n'en a pas moins droit au titre d'Evêque du Morvan, à la mitre et à la crosse.

Jeannot, la moustache encore crèmeuse du lait de Lucile, vint rejoindre le groupe, s'essuyant de son mouchoir à carreaux.

Le repas fut à la hauteur de la réputation de cette table déjà renommée : après une terrine de sanglier, qui fleurait bon le thym, le poivre et le laurier, les voyageurs se régalèrent avec de petits pâtés chauds aux alouettes parfumées aux truffes de Langres ; suivit un fricot d'oie aux navets d'Alligny, aux petits lardons et oignons émincés. Au dessert, des fantaisies irradiantes de sucre glacé et des massepains d'Arnay avec de la gelée de framboises clôturaient le dîner. Les dames éprouvèrent le besoin d'aller s'allonger. Plus personne ne parla de faire griller du maïs... tandis que le maître de maison, débouchant une bouteille sans étiquette annonça :

– Pour saluer la présence de nos poètes parmi nous, tous deux grands connaisseurs en vin, je vous offre ce flacon de Montre-Cul.

– Montre-Cul, quel nom charmant ! je ne connaissais pas, fit Xavier.

– Vous ne pouvez pas, déclara le maître de poste, il s'agit d'un tout petit clos près de Dijon, dernier reste des plantations du duc Eudes, et s'il s'appelle ainsi c'est parce qu'il est tellement en pente que les paysanes montrent leurs derrières lorsqu'elles soignent la vigne. D'ailleurs, Madame de Sévigné, à qui mon grand-père en avait fait boire, se mit en tête à la fin du souper de mimer les paysanes, et, singulièrement « bue », elle roula par terre et montra à toute la société non seulement son derrière, mais aussi son devant assez usagé à ce qu'il paraît. Le lendemain toute honteuse de sa « griserie », elle offrit à notre basilique une statue de la vierge, qui s'y trouve encore.

La société resta à deviser une bonne heure après le dîner, qui avait été lui-même assez long. Personne ne semblait pressé sauf le conducteur, qui avait charge non seulement des voyageurs, mais aussi du courrier ordinaire, qui ne pouvait souffrir trop de retard.

Aussi, pressant le mouvement, il fit remonter tout son petit monde en voiture. Les passagers, pour la plupart encore ensommeillés et alourdis par la chère de Saulieu, somnolèrent dans la diligence et ne virent rien des feuillus qui se pressaient tout au long de la route jusqu'au relais du Maupas, où commence l'Auxois et ses grasses prairies. Le bruit rythmé des sonnettes et grelots reprit, quelquefois coupé d'un claquement de fouet, lorsque le chemin amorçait une pente. On traversa le vallon de Mézières, humecté de l'Arroux encore vif argent non loin de thermes ruraux, où, confia le conducteur à Pierre Joly, il venait se refaire une santé tous les ans. Un dieu nu en bronze, au braquemart impressionnant, qui venait d'être retrouvé par des ouvriers qui creusaient le griffon de la source, garantissait aux clients des hivers sans douleurs et des nuits sans faiblesse...

Le soleil était rasant à l'arrivée à Arnay, reconnaissable de loin à sa motte-forte. Le maître de poste vanta le moelleux de ses lits qui avaient hébergé les tantes de Louis XVI dans leur fuite en février 1791. Le maître de poste Maugras eut beau faire. Ni le conducteur, qui pestait après le retard du convoi, ni l'évêque ne voulaient coucher dans une ville qui sentait le fagot : tous connaissaient l'histoire scandaleuse de l'Arnétois qui avait été condamné à être écartelé pour avoir trop aimé sa jument, tous aussi se souvenaient du soutien de la ville aux protestants, et Maugras lui-même venait de leur rappeler que les tantes de Louis XVI avaient été dénoncées par les Arnétois.

La décision fut donc prise d'aller souper et coucher au relais suivant, à Ivry. L'attelage était uniquement composé de chevaux de Semur, Maugras étant parent d'un de ces éleveurs, qui avaient remis en valeur cette vieille race, et organisaient tous les ans des courses de chevaux, les premières dans le royaume, sur le champ de foire, à Semur. C'étaient de puissants animaux, à la robe alezane brûlée, tous amoureusement étrillés, la queue soigneusement torsadée en un chignon de grand-mère. Puissants, de plus haute taille que les boulonnais ou les bretons, qui composaient habituellement les attelages de la Poste, ils faisaient leur affaire des passages boueux ou des congères de neige l'hiver, arrachant leurs caisses sans faiblir.

La diligence s'élança donc grâce à leur traction souple, tandis que son ombre portée s'allongeait de plus en plus devant elle. Bientôt, elle disparut complètement et la nuit sombre et humide envahit peu à peu les fourrés et les fossés le long de la route. Sans arrêter le convoi, le conducteur, après avoir battu son briquet à amadou, alluma les deux lanternes de chaque côté de la capote, mais elles n'éclairaient guère au delà du premier postillon sur le cheval de volée.

L'obscurité n'était pas encore complète lorsque le convoi arriva en vue du moulin de La Canche, en ruine, à la corne d'un bois particulièrement touffu et sombre. Curieusement, un feu avait été allumé, sembla-t-il au conducteur, au rez-de-chaussée du moulin, près duquel on voyait des ombres s'agiter. Les passagers de la banquette en étaient là de leur inspection, lorsqu'ils aperçurent alors, fermement campé au milieu de la route, un cavalier isolé, coiffé d'un large couvre-chef qu'ils prirent tout d'abord pour un bicorne de gendarme : le cavalier faisait signe de la main levée d'avoir à s'arrêter. Ce que fit le convoi. A peine était-elle stoppée, que la diligence fut entourée de quatre autres cavaliers masqués, qui apparurent aux fenêtres, pointant des pistolets sur les passagers et sur les postillons. Pendant ce temps, le cavalier solitaire n'avait pas bougé, statufié au milieu de la route, et n'avait pas brandi la moindre arme. Voyant que ses compagnons s'étaient assurés de la diligence, il s'approcha doucement sur son cheval feu. Lui aussi était masqué.

Le Peut Trou

Les passagers se rendirent vite compte qu'ils étaient tombés dans une embuscade, et qu'ils étaient à la merci de bandits. Ceux-ci, tout en maintenant en respect les voyageurs bloqués dans la diligence, commencèrent par s'occuper des postillons et du conducteur : ils les déchaussèrent et les emmenèrent sous le couvert d'un chêne massif qui bordait le chemin. Là, à l'aide de licols, caveçons et cordes, ils les lièrent solidement au fût de l'arbre ; pour faire bonne mesure, ils les entravèrent aussi à l'aide de la longue lanière d'une chambrière trouvée sous la banquette de la diligence ; mais ils s'abstinrent de les bâillonner à la condition expresse qu'ils n'émettent aucun cri, tous trois étant suffisamment terrorisés pour promettre n'importe quoi.

Cela fait, les cinq bandits se regroupèrent auprès de la diligence dont les occupants purent à loisir les détailler : celui qui semblait être le chef, monté sur un étalon de couleur feu, apparaissait en pleine lumière face aux lanternes du convoi : coiffé d'un large couvre-chef, qui, de loin en avait imposé comme un bicorne de gendarme, son visage était dissimulé sous un bonnet de marin dans lequel étaient pratiquées des ouvertures au niveau des yeux et de la bouche. Il portait un habit gris blanc aux manches doublées de taffetas bleu turc, culotte de peau bleue à galons d'argent, bottes de cuir noires. Ses compagnons, par contre, eux aussi coiffés de bonnets de marin échancrés, chevauchaient de lourds percherons, comme on en voyait dans les campagnes environnantes, et étaient habillés de ganaches grises de paysans.

Ils firent descendre les passagers un à un avec méthode et les alignèrent le long du fossé, les fouillant consciencieusement les uns après les autres et faisant ouvrir leurs bagages. Le premier, Pierre Joly se vit délesté de sa montre en or et de sa bourse qui ne contenait que quelques louis. Ils récupérèrent sa dague avec une satisfaction non dissimulée. Sa mallette ne contenait à leur grande déception que des effets et vêtements, et une liasse de lettres de change nominales. Ayant trouvé son passeport, ils lui demandèrent de le lire, et s'esclaffèrent en apprenant qu'ils avaient mis la main sur un Receveur de l'Enregistrement.

Vint le tour d'Alphonse dont les bagues, oignon à clefs, et bourse largement garnie disparurent aussi dans leur sac. Puis de Xavier à qui ils laissèrent sa canne au pommeau d'argent, mais qui se vit priver lui aussi de sa bourse et d'une croix d'améthyste qu'il portait à même la peau. L'évêque était en possession d'une mallette de voyage à double fond tapissée de louis, ce qui leur arracha des cris de satisfaction. Il dut également se déssaisir de sa bague épiscopale, belle améthysyte sertie d'or et de diamants, et de sa croix pectorale en or massif.

Lucile et Jeannot furent proprement repoussés à la suite des occupants du coupé et délestés de leurs faibles économies. Denis Quinard cachait un brillant dans son gousset qui fut vite découvert. Le patriarche de Pervy avait une montre garnie de diamants et un porte-monnaie lourd et prometteur. Le guérisseur, en dehors de ses fioles et livres, ne fut trouvé porteur que de quelques francs et de deux lettres de change sur Chalon et Lyon. Louis de Frémont, furibard, abandonna une bourse volumineuse, qui rejoignit les autres dans le sac des voleurs. Sa femme se vit soulagée de ses boucles d'oreille en saphir et or, ainsi que d'une chaînette d'or avec croix ouvragée. Les brigands ne prêtèrent aucune attention aux chaudrets de Stéphane Lavenand, qu'ils ne prirent même pas la peine de feuilleter, grossière erreur.

La moisson fut plus faible chez les passagers de la rotonde : porte-monnaie, bijoux en ivoire, différentes pièces en cristal dans le bagage du verrier, montres en acier et chevalières.

Le contenu du coffre à correspondance fut lui aussi inventorié : en dehors d'un paquet de gazettes et de plusieurs liasses de lettres, la plupart estampillées de Paris, il n'y avait là rien d'intéressant.

Louis de Frémont interpella les bandits :

– Vous n'allez tout de même pas nous laisser ainsi sans rien, au bord de la route. Comment allons-nous faire en pleine nuit pour nous débrouiller ?

– Mais, cher Monsieur, nous n'allons pas vous laisser, nous vous emmenons avec nous et prendrons soin de vous, ce sont vos familles qui pourvoiront à vos besoins.

La consternation se peignit sur les visages des passagers. Après s'être concertés, les bandits firent avancer Alphonse, l'évêque, Xavier, Pierre Joly, puis firent signe aussi à Lucile de s'approcher.

– Il nous faudra bien une femme pour faire la cuisine, ricana le chef des bandits. Puis prenant une poignée de louis d'or, il les jeta à la volée sur la route, les abandonnant au reste des passagers. Ensuite, détachant les chevaux, les bandits les conduisirent dans le pré voisin et leur appliquèrent de grandes tapes sur les croupes pour les disperser. Après quoi, ayant fait exploser les lanternes de la diligence à coups de crosse de mousquetons, ils encadrèrent leurs prisonniers et ils disparurent avec eux dans le sous-bois où ils se fondirent dans l'obscurité. Jeannot tenta de suivre Lucile qu'il voyait ainsi disparaître, mais l'un des voleurs, revenant sur ses pas, le menaça aussitôt de son mousqueton, et Jeannot dut assister, impuissant et figé, à leur départ.

Pendant ce temps, à Ivry, tout proche, Jean-Baptiste Pannetier, qui conversait devant son relais avec l'avant-courrier, qui était déjà là depuis une bonne demi-heure, et avait hâte d'aller se coucher, commençait de s'impatienter. Un quart d'heure plus tard, n'y tenant plus, il demanda à l'un de ses postillons d'enfourcher un bidet et d'aller à la rencontre de la diligence, chargé d'une lanterne.

Dans les bois de Saussey, la troupe d'Albert et de ses compagnons, que l'on aura reconnue, progressait sans bruit, sous le couvert, le long d'une sente forestière. Lucile avait du mal à suivre, chaussée de bottines légères et se tordant les pieds à chaque pas. L'un des bandits la prit en croupe et, dès lors, la marche se fit plus vive, jusqu'au ruisseau des Gorres, où tous furent obligés de marcher dans l'eau pendant un long quart d'heure. L'évêque gémissait, sa soutane alourdie par la boue. Pierre, Alphonse et Xavier, stoïques, suivaient le cul des chevaux, serrés par derrière par l'un des bandits qui fermait la marche. Estimant que la trace était suffisamment brouillée, Albert fit gravir la berge opposée à la troupe. Peu après, l'équipée sortit du bois et contourna Cussy par les vallons du Pré Cherenne où des lapins batifolaient au clair de lune. Leurs petites houpettes blanches tressautaient de touffe en touffe et rassuraient les captifs par leur gaîté enjouée. Le plus dur restait à faire, car, au large de Cussy, Albert, qui voulait éviter de traverser Montceau, même de nuit, fit gravir à ses otages les pentes boisées du Deffend, où les noisetiers et les cornouillers les fouettaient au visage. Prenant pitié de leur peine, il autorisa un arrêt à mi-pente, les assurant qu'un souper les attendait. De fait, il fit asseoir tout son monde à proximité de vastes auges en grès qui ressemblaient à des tombeaux. Xavier en fit la remarque, lui qui avait dû abandonner son cerceuil sur le toit de la diligence, et envisageait déjà avec une vive contrariété de ne pas encore pouvoir utiliser son coucher favori.

– Ce sont bien des tombeaux, affirma Albert, en fait, des sarcophages très anciens, où ont été ensevelis des guerriers au Moyen-Age, nous nous en servons maintenant comme abreuvoirs pour nos moutons.

De l'une de ces sépultures il sortit un sac qui contenait une boule de pain, plusieurs fromages de chèvre bien secs, des poignées de prunes sèches, qu'il distribua à la ronde ; il avait même prévu une cruche d'eau qui fut la bienvenue. Taillant de larges tranches de pain bis à l'aide de son coutelas de chasse, il les remit à ses « pensionnaires ». Ceux-ci ne se firent pas prier pour les dévorer. Puis, estimant que l'intermède avait assez duré, Albert donna le signal du départ. L'évêque, qui geignait encore, fut hissé sur l'un des bourrins, tandis que son propriétaire, maintenant à pied, le menait par la gourmette. Dès lors, lentement, à un pas de paysan qui a l'éternité devant lui, la troupe s'achemina à travers topes et fourrés durant deux heures qui semblèrent interminables aux prisonniers. Assaillis par les bruits de la forêt, hululements de chouettes partant pour leur chasse nocturne, trilles d'oiseaux de proie, galops nerveux de « cochons » brusquement débusqués de leurs champs de « treuffes », frou-frous de hérissons traquant les limaces, miaulements de chats errants, plaintes de mulots soudain happés par quelque prédateur, gémissements de gros troncs qui oscillaient sous le vent, tels de gigantesques mâts de navires, clapotis des sources, les prisonniers étaient brusquement plongés dans le monde mystérieux et enchanté de la sylve d'Albert. Quelques paires d'yeux brillants entrevus dans les sous-bois, qui pouvaient aussi bien appartenir à un loup qu'à une biche effrayée, achevaient de les mettre en condition. Où allaient-t-ils ainsi dans le noir, et comment et dans quel état leurs familles allaient-elles pouvoir les retrouver ? Quels desseins méditaient leurs agresseurs ? Allaient-ils être égorgés au fond d'une caverne ? Reverraient-ils un jour la civilisation ? Et pourquoi eux ? Que savaient d'eux leurs bandits pour les avoir ainsi capturés ? Autant de questions qui les assaillaient malgré leur fatigue. L'un des brigands les abandonna et repartit en direction de Cussy, disparaissant sous les frondaisons.

Depuis un long moment, la troupe suivait une saignée dans la forêt, interrompue de temps à autre par une sente transversale. Pierre Joly essayait de s'orienter, et de compter ces différentes croisées de sentiers, mais il dut y renoncer bientôt, préoccupé par la marche qui se faisait de plus en plus difficile, en proie à des maux de pieds intenses et térébrants : ses escarpins n'étaient pas faits pour ce genre d'exercice... Au bout d'un temps infini, la piste plongea brusquement, une descente raide s'amorçait, au point que tous les voleurs mirent pied à terre, et tenant leurs chevaux fermement à la main, n'avançèrent plus qu'avec précautions. La gueule noire d'une grotte s'ouvrit bientôt devant eux, à mi-pente.

– Nous voici à la Grotte du Diable, le Peut Trou, si vous préférez, c'est là que nous allons vous garder en attendant votre rançon.., annonça Albert.

C'était donc cela, les bandits allaient négocier leur liberté ! et en attendant, ils allaient devoir végéter dans cette antre du Diable. Albert alluma une bougie de suif et leur montra le chemin. Après un goulet assez bas, qu'ils ne purent franchir qu'en se baissant, la grotte s'élargissait en une vaste chambre au plafond haut, scintillant de calcaire blanc. Du haut pendaient des stalactites en cônes allongés et pointus. Ils laissaient sourdre à leurs extrémités des gouttelettes perlées et luisantes à la lumière oscillante de la flamme fumeuse de la bougie. Au sol, dans un coin, sur une sorte de banquette de pierre, un lot de couvertures les attendait, ainsi que plusieurs paniers d'osier recouverts de linges fins : leurs provisions de bouche. Le fond de la grotte, obscur, s'enfonçait profondément dans la terre, dans un moutonnement noirâtre de rocs et de glaise. Albert leur remit deux bougies de suif, et un briquet d'amadou et les avertit :

– Je laisse à l'entrée deux de mes hommes, ne vous avisez pas de sortir, c'en serait fini de vous...

De fait, deux des brigands avaient déjà pris place à l'entrée de la grotte et s'activaient à allumer un feu de bois mort, devant lequel ils tendaient leurs paumes rougeoyantes. Exténués, les prisonniers se résignèrent à déployer leurs couvertures et s'allongeant sur le sol, ils cédèrent rapidement au sommeil, abasourdis.

Pendant ce temps, à Ivry, l'anxiété grandissait : le postillon ne revenait pas. Progressant sur la route d'Arnay, sa lanterne haut levée, ce dernier était arrivé sur les lieux de l'agression. Terrorisés, les voyageurs abandonnés par les bandits s'étaient réfugiés dans la diligence, désemparés, n'osant plus bouger. Marguerite sanglotait, les autres passagers ne savaient que faire, et la lueur de la lanterne qui approchait ne les rassurait guère. Le postillon, Jean-Pierre Bertillon, comprit vite de quoi il retournait. Il s'employa à rassurer les voyageurs, alla délivrer ses collègues encore attachés à leur chêne, et ensemble ils allèrent chercher un à un les chevaux de trait, qui ne s'étaient guère éloignés et paissaient tranquillement dans le pré avoisinant. Ils reconstituèrent l'attelage, bouclèrent les harnais, aidés des passagers, et ramenèrent le convoi au relais.

A l'arrivée à Ivry, Jean-Baptiste Pannetier se fit raconter l'attaque, et en homme d'action, envoya immédiatement quérir le Juge de Paix, et prévint aussitôt le capitaine de Gendarmerie, qui était encore à l'auberge, disputant une partie de piquet avec l'instituteur. Le branle-bas fut aussitôt déclenché et les quarante-deux hommes du détachement d'Ivry furent rassemblés sur la place de l'église. S'étant fait expliquer les circonstances de l'attaque, le capitaine, coiffé de son bonnet à passe-poil, fractionna ses hommes en trois groupes : l'un devait aller sur place avec un couple de chiens essayer de retrouver la trace des brigands, le second fut chargé d'aller investir le village de Cussy dans la direction duquel il semblait que les ravisseurs s'étaient dirigés, le troisième reçut la mission d'aller fouiller les maisons et granges de Montceau.

Sur les lieux de l'attentat, les chiens retrouvèrent vite la trace des fuyards, mais arrivés au ruisseau des Gorres, les chiens ne purent que forlancer un cochon qui s'ébrouait dans le cresson du ruiseau, et se mirent à aboyer longuement devant un fourré inextricable où la bête s'était réfugiée, faisant face avec son boutoir, bien décidée à vendre chèrement sa peau. Mais de fuyards, point. La ruse d'Albert avait été efficace. Piteux, déconfits, et lassés de patauger en vain sur les berges du ruisseau des Gorres, les gendarmes de ce groupe rentrèrent à Ivry vers une heure du matin.

Le deuxième groupe, arrivé à Cussy, croisa le long de la voie ferrée l'un des compagnons de l'Asphodèle, Félix Jacotot, chevauchant sa monture le long de la voie. Ils l'interpellèrent, lui demandant ce qu'il faisait là : Félix n'eut aucune peine à se présenter et à déclarer qu'il effectuait sa mission de surveillance de la voie, qu'il avait entendu des chiens aboyer dans la nuit, mais qu'il n'avait rencontré personne, et qu'il rentrait chez lui. Les paysans de Cussy, qui n'avaient pas encore admis les expropriations dont ils s'estimaient victimes de la part de la Compagnie de Samuel Blum, se livraient de temps à autre à des déprédationss nocturnes sur la voie, détruisant les barrières qui étaient pourtant destinées à les protéger des convois de lignite. La mission de Félix consistait justement à veiller à la sécurité et au bon fonctionnement de la voie, qui était d'ailleurs interdite d'usage dès la nuit tombée. Pour mieux donner le change, Félix était porteur de sa trompette réglementaire, de son chapeau rouge de la Compagnie et d'une lanterne de voie à verres blancs. Rien n'aurait permis de supposer que quelques instants encore auparavant, il escortait les prisonniers de la diligence de Chalon. Un peu déçus, les gendarmes établirent leur campement sur la place du village, face à la Maison commune et entreprirent de réveiller un à un les habitants, sans ménagement. Tous les hommes furent rassemblés sur la place, mal réveillés, en bonnets de laine chemises de nuit et culottes de coton, traînant leurs sabots. La mauvaise humeur était générale et, lorsque les gendarmes entreprirent de visiter toutes les fermes et granges, de vives protestations s'élevèrent : les paysans n'étaient pour rien dans cette affaire, se moquaient comme d'une guigne de la Poste-aux-Chevaux, et n'avaient rien vu, rien entendu. Bien sûr, la fouille des granges, poulaillers, tecs à porcs*, fours à pains, volières et pigeonniers ne donna rien. Les volailles dérangées dans leur sommeil caquetaient, les chiens aboyaient, les mégères piaillaient et insultaient la maréchaussée, tandis que les bambins pleuraient dans leurs lits, gênés par ce remue-ménage et la lumière des chandelles qui s'allumaient un peu partout. En proie à l'hostilité générale, les gendarmes durent battre en retraite et vinrent rendre compte de leur échec au capitaine, resté à Ivry.

A Montceau, à une lieue de là, l'accueil fut encore plus virulent : des coups de feu partirent de l'obscurité devant cette intrusion brutale et Biver, le marguillier, prit sur lui de sonner le tocsin. Sous les huées, le faible détachement de gendarmes ne put même pas pénétrer dans la moindre cour de ferme : partout, les habitants, munis de fourches et de bâtons, les attendaient de pied ferme.

Ce n'est que le lendemain, à l'aube que le Juge de Paix d'Ivry, soigneusement protégé par un détachement d'hommes en armes, put commencer son enquête sur les lieux de l'attaque de la diligence. Assisté du maître de poste d'Ivry, du Procureur d'Arnay venu sur place, de l'Inspecteur de la Poste-aux-Chevaux du même lieu, et de deux gendarmes ; il releva les nombreuses traces de piétinement des sabots des agresseurs. Quelques louis furent recueillis dans la boue du chemin. Le Juge fit le tour du moulin en ruine de La Canche, où des cendres encore chaudes témoignaient de la longue attente des ravisseurs. Il prit connaissance aussi de la feuille de route du conducteur, qui indiquait qu'il avait quitté Arnay vers sept heures et quart et avait pris livraison d'un paquet de lettres pour Chalon. Puis la commission d'enquête se dirigea vers le village de La Canche, tout proche, pour y interroger d'éventuels témoins. Il y avait là en bordure de la route un patouillet*, où de nombreux ouvriers travaillaient jusqu'au coucher du soleil à alimenter un haut-fourneau qui traitait le minerai de fer du gisement de La Canche. Le minerai brut extrait des bois voisins comportait de nombreuses impuretés, sable, graviers, cailloutis, dont il importait de le débarrasser avant de le livrer au haut-fourneau où il était fondu. C'était le rôle du « patouillet », sorte de lavoir, où le minerai brut était lavé. Une digue filtrante barrait le cours de l'Arroux et alimentait plusieurs bassins successifs où des « rioleurs », du nom de leurs outils les rioles, longues raclettes en fer, agitaient le minerai d'un bord à l'autre du bassin pour exposer le minerai en totalité au courant. La « mine » propre s'entassait au fond tandis que les impuretés s'évacuaient en surface. En fin d'opération, les rioleurs ramassaient la mine à la pelle et la mettaient à sécher sur les berges avant de la livrer au haut-fourneau. Des berges du patouillet, on apercevait parfaitement le moulin de La Canche. Les rioleurs n'avaient pu manquer de remarquer les bandits, au cours de leur travail.

S'approchant du groupe d'ouvriers qui étaient déjà au travail, le Juge de Paix et son entourage virent les dos se tourner ostensiblement. C'est que ces rudes « rioleurs » avaient une fâcheuse réputation, nombre de poules et canards des fermes voisines avaient terminé leur carrière dans leurs chaudrons, et la vue des gendarmes à qui ils avaient eu affaire à maintes reprises n'était pas faite pour les mettre en confiance. L'un d'eux, l'air buté, surnommé Ratisse, engoncé dans son coutil d'ouvrier, serrant avec force sa riole dans ses mains calleuses, accepta néanmoins de répondre : non, il n'avait rien vu qui ressemblât à des voleurs ; oui, il avait bien remarqué un feu dans le moulin et des gens qui s'agitaient autour, mais des charbonniers venaient souvent se réfugier là, quand il faisait mauvais temps, et avaient l'habitude d'y faire cuire leurs repas, « même qu'ils l'avaient encore invité la semaine passée » à partager un succulent hérisson, cuit dans la glaise et assaisonné d'ail d'ours, de raifort et de pimprenelle : une fois cuit dans sa gangue de glaise, le hérisson était dégagé à coups de masse qui brisaient la motte, entraînant avec elle les piquants de la bête. Mais des brigands, non. Rien que d'honnêtes et pauvres travailleurs, comme lui. Quant aux diligences, ils n'y faisaient plus attention depuis longtemps, il en passait tellement... En dehors du patouillet et de ses bâtisses annexes il n'existait pas d'autre habitation à proximité, et c'est sans gaîté que la commission retourna à Ivry.

Le Juge de Paix recueillit alors la déposition des postillons et du conducteur qui, attachés à leur chêne, avaient eu tout le loisir d'observer les bandits. Un certain nombre d'éléments intéressants furent alors notés : les bandits étaient cinq, tous masqués, mais l'un d'eux, le chef, chevauchait un étalon très racé, véritable cheval de selle, à la robe alezane brûlée. Les quatre autres étaient montés sur des chevaux de labour à la robe bai pour trois d'entre eux et aubère pour le quatrième, mais, précisa l'un des postillons, l'un des chevaux bais lui avait semblé brassicourt, avec le genou gauche légèrement plié, et était parti en « se berçant », se dandinant d'une manière caractéristique, et le postillon se faisait fort, en homme de métier, de le reconnaître, s'il le voyait à nouveau. Ces indices précieux furent relevés et, dès la fin de la matinée, plusieurs couples de gendarmes à cheval furent envoyés dans les villages du canton, munis de ces renseignements. Le Juge de Paix rédigea son rapport et l'adressa au Préfet et au Palais de Justice à Dijon, dont dépendait Ivry, demandant des instructions complémentaires.

Dans la grotte du Peut Trou, les premières lueurs de l'aube avaient léché l'orifice de l'antre du Diable et réveillé les prisonniers. Leurs premiers regards avaient été pour constater que leurs geôliers étaient toujours là, près de leur feu qu'ils avaient entretenu toute la nuit, en train de dévorer à belles dents des portions de lard, leurs mousquetons négligemment appuyés sur les cuisses. Ils avaient enlevé leurs bonnets et offraient à leurs prisonniers des visages rudes de paysans moustachus, et c'est à peine s'ils prêtèrent un œil à l'évêque qui s'extrayait péniblement de sa couverture. Alphonse, assis, se frottait avec application les yeux et murmurait :

« Quelle nuit ! quel silence ! Au fond du sanctuaire
A peine on aperçoit la tremblante lumière
De la lampe qui brûle auprès des saints autels.
Seule elle luit encore quand l'univers sommeille ;
Emblème consolant de la bonté qui veille
Pour recueillir ici les soupirs des mortels. »

– On se console comme on peut, remarqua Xavier, tout en astiquant le pommeau de sa canne dont il ne s'était pas séparé. Nous ferions mieux de reprendre des forces, fit-il en attirant à lui l'un des paniers d'osier dont il entreprit l'inventaire. Il en sortit une miche de pain bis, dont il se découpa majestueusement une tranche dans laquelle il commença de mordre tout en l'accompagnant d'un quartier de fromage.

– Dommage, cela manque de vin, ajouta-t-il. De son côté, Pierre Joly, déroulant précautionneusement son mouchoir, en sortit un très curieux étui de maroquin rouge qui avait échappé à la sagacité des voleurs. Il l'ouvrit et devant les yeux ébahis de l'évêque, il en sortit un précieux crucifix, de petite taille, véritable joyau : sur une croix en cristal de roche, un christ ciselé dans une coquille de coco, était fixé aux croisillons et à l'arbre par quatre clous en tête de diamant. Aux extrémités libres de la croix de cristal, des améthystes, des perles fines et des rubis se mêlaient aux arabesques de filigranes, tandis que sur la calotte du piédestal, une tête de mort en lapislazulli était fantastiquement éclairée par deux diamants brillant dans les orbites. Enfin, la croix elle-même était reliée au piédestal par une belle agathe sardoine moulourée en urne qui formait sur la tige un nœud de préhension.

– Cette croix a été donnée en 1654 par la reine Christine de Suède à son retour de Rome à un prêtre dijonnais qui en fit présent à mon grand-oncle Claude Joly, prêtre bénéficiaire de Saint-Nicolas de Châtilllon ; elle la tenait du pape Alexandre VII, en témoigage de son abjuration. Depuis, cette croix est toujours restée dans la famille. J'ai l'intention d'en faire legs aux sœurs de l'Hospice Général de Dijon qui perpétuent la mémoire de mon autre oncle, le Bienheureux Bénigne Joly..*

Pierre installa pieusement le crucifix sur un rebord des murs de la grotte et s'abîma quelques instants en méditation. Même Xavier Forneret, vivement impressionné, ne put émettre le moindre commentaire.

Dans son coin, seule, Lucile, ne semblait pas sensible à la beauté de cette pièce. Elle se comprimait la poitrine en proie à une montée laiteuse douloureuse, jetant des regards désespérés à ses compagnons. Privée des services de Jeannot, comment allait-elle pouvoir se débrouiller ? Ce fut Alphonse qui se dévoua, et entraîna la malheureuse dans le fond de la grotte. Là, il commença de s'acquitter de sa tâche avec conscience. Le sein droit, puis le gauche furent l'objet de ses soins attentifs, mais à mesure que Lucile se voyait soulagée, elle émettait des petits gloussements de satisfaction, qui peu à peu se transformèrent en gémissements équivoques. La succion des lèvres du poète avait éveillé en elle des sensations païennes, et sa main se tendait maintenant vers l'épaule d'Alphonse lui aussi fortement ému. N'y tenant plus, il entraîna la fille encore plus loin dans la grotte, et les gémissements qui parvinrent à leurs compagnons ne laissaient guère de doute sur la nature de leur activité. L'évêque se signa, et là-haut, sur son petit nuage, au-dessus de la grotte, la muse du poète qu'il invoquait si souvent, en souffrit jusque dans ses ailes... Alphonse revint peu après, sa redingote maculée de boue blanche, se défripant de vigoureux coups de main, un vague sourire aux lèvres.

La vou ca lo ?

La journée dans la grotte s'écoula dans une attente interminable pour tous les prisonniers. Ils pouvaient voir en permanence à contre-jour devant l'entrée les deux bandits assis, leurs armes à portée de main. Ils avaient fini leur « goûter », déchiré à pleines dents leurs derniers morceaux de lard, et l'un d'eux était en train de se frotter vigoureusement les crocs à l'aide d'une poignée fortement odorante d'ail d'ours, et apparemment satisfait de son opération, s'essayait à souffler dans son nez, lèvre inférieure pendante, pour tester le parfum de son haleine. Pour ne pas être en reste, son frère, car il s'agissait bien des inséparables jumeaux d'Ecutigny, procéda à la même toilette, assortis de rots sonores.

Pierre Joly tenta bien de s'approcher de la sortie, mais aussitôt mis en éveil, Castor le menaça sans un mot de la gueule noire de son mousqueton. Pierre avait pu néanmoins se rendre compte que la pente au dehors était très vive et que l'on entendait couler non loin de là en contre-bas un petit ruisseau. Vexé, Pierre fit demi-tour et revint s'installer dignement sur une banquette rocheuse dans la caverne et, croisant les jambes, il s'efforça de ressembler à l'image que Daguerre avait réalisée de lui deux ans auparavant, à Chalon. Le petit sous-verre irisé, qui le représentait mieux qu'une peinture, trônait depuis lors dans son salon à Dôle, l'un des rares luxes qu'il se soit offert dans sa vie.

De son côté, Xavier, nullement dépaysé apparemment, était parti explorer le fond de la caverne, en s'éclairant d'une bougie de suif, qu'il tenait bien haut. Cette lumière inattendue dérangea une nuée de chauves-souris, qui s'échappèrent dans un vol heurté et cotonneux vers la sortie, arrachant au passage des cris à Lucile, hérissée de peur. Xavier découvrit sur le sol plusieurs dents et crocs de bonne taille, qu'il ramassa, ainsi que des ossements humains, fémur enduit de glaise, phalanges, morceau de mandibule, quelques jetons percés d'un trou et des fragments de poterie noire, sur lesquels étaient dessinées des images abstraites. C'était un peu comme si l'artisan avait enfoncé une cordelette dans la pâte avant de la faire cuire. Cette dernière trouvaille l'intéressa vivement. Il se débarrassa des fragments d'os humains, et ne ramena à ses compagnons que les crocs énormes qu'il avait recueillis et ces tessons de poterie*. Il tendit les dents à ses amis et leur demanda s'il voyait à quel animal elles avaient pu appartenir. Alphonse, instantanément s'écria :

– Mais ce sont des dents d'ours, sans nul doute possible. J'ai vu les mêmes dans le Cabinet d'Antiques de Buffon, la dernière fois que je suis passé à Montbard.

– Il faut donc croire qu'il y a eu des ours dans cette grotte, dans le temps ? interrogea Pierre.

– Eh, oui, forcément...

Un frémissement commun s'empara des prisonniers, qui regardèrent avec appréhension le fond obscur de la caverne, s'attendant à voir émerger de l'ombre la lourde bête.

Une angoisse sourde étreignait les prisonniers. Lamartine entreprit alors une sorte de mélopée sur un ton monocorde :

Mon cœur, lassé de tout, même de l'espérance,
N'ira plus de ses vœux importuner le sort ;
Prêtez-moi seulement, vallons de mon enfance,
Un asile d'un jour pour attendre la mort

Voici l'étroit sentier de l'obscure vallée :
Du flanc de ces coteaux pendent des bois épais
Qui, courbant sur mon front leur ombre entremêlée,
Me couvrent tout entier de silence et de paix.

Les deux jumeaux, bouche bée, la paupière tombante, semblaient fascinés, à la limite de l'hypnose, et cela n'échappa pas à l'œil observateur de Xavier.

Plus pratique, Lucile avait fait l'inventaire des paniers : ils ne contenaient guère que des « treuffes », trois boules de pain, quelques fromages de chèvre enveloppés dans des feuilles de noyer, une portion de graisse d'oie dans un linge fin, et des prunes sèches en abondance. Effrontément, elle alla interpeller les jumeaux à l'entrée de la grotte et leur fit valoir qu'il ne fallait pas compter sur elle pour accommoder de telles misères. Les jumeaux se concertèrent à voix basse, puis Castor s'enfonça dans le sous-bois, une besace jetée sur l'épaule. Retournant près de ses compagnons d'infortune, Lucile confectionna un foyer à l'aide d'un margottin*, placé entre deux pierres, qu'elle alluma, se promettant lorsqu'elle aurait assez de cendres d'y enfouir ses treuffes. Cela lui rappelait son enfance dans le Morvan, près d'Anost, où ce plat était l'un des mets habituels de sa famille, surtout l'hiver. Une heure plus tard, la mine enjouée, Castor revint et tendit avec précaution sa besace à Lucile.

– Attention, c'est fragile, il y a des œufs et des champignons, vous allez pouvoir faire une omelette.

– Ça des œufs, mais de quoi ? s'exclama Lucile

en exhibant de petits œufs d'une taille de noix, tachetés, couleur feuille morte.

– Oui, des œufs de caille, vous verrez, c'est très bon..

Il avait dû dévaliser plusieurs nids, car il y avait bien une vingtaine d'œufs. Il avait déclenché la colère des cailles qui l'avait raccompagné jusqu'à la grotte en cacabant bruyamment dans les hautes branches.

– Et ces champignons, je ne connais pas, c'est quoi ? fit-elle en s'emparant de minuscules champignons rouges en forme d'oreilles d'enfant. Ils étaient encore tout humides, car Castor avait pris soin de les laver dans le ruisseau.

– C'est très bon aussi, ce sont des pezizes, ce sont les seuls champignons comestibles que l'on trouve en cette saison. Ils poussent sur les bois morts.

D'un naturel confiant, Lucile s'empara de ces provisions tombées du Ciel. Se saisissant d'une poêle que les bandits avait laissée à leur disposition ainsi qu'un chaudron, Lucile entreprit de faire fondre dans le fond un peu de graisse d'oie, puis, après avoir fait rissoler les pezizes, cassa un à un les œufs qu'elle touilla avec les champignons. Un fumet odorant, légèrement poivré et fleurant bon le sous-bois après la pluie, emplit la grotte, se dégageant de l'omelette en train de frigousser*.

– Dommage que je n'aie pas de lard, murmura Lucile. Entendant cette réflexion, Pollux sortit une tranche de lard de sa besace et entreprit d'en découper des petits dés à l'aide de son coutelas de chasse impressionnant. Il les tendit à Lucile, qui remercia. Puis elle les jeta à la volée sur son omelette frémissante. Le parfum qui s'en dégageait les faisait tous saliver et les deux jumeaux eux-mêmes jetaient des regards non équivoques en direction de ce plat de roi.

Bonne princesse, Lucile les invita à partager l'omelette. Bien que se tenant sur leurs gardes, les jumeaux acceptèrent et firent honneur au repas. Les treuffes étaient maintenant à point et leur chair bien odorante, dégageant une chaude odeur de pain de ménage au sortir du four, rassasia les convives. Ils en étaient à suçer quelques pruneaux, recrachant sans vergogne les noyaux dans toutes les directions, quand on entendit des bruits de feuillages froissés et une voix rude qui interrogeait :

– La vous ca lô, donc ? (Où êtes-vous donc passés ?)

Le haute stature d'Albert s'inscrivit en contre-jour à l'orifice de la caverne, et il embrassa d'un regard cette scène cocasse, où ses prisonniers semblaient fraterniser avec leurs geôliers. Il fit signe aux jumeaux qui le rejoignirent, et ils s'entretinrent tous les trois à voix basse en dehors de la grotte. Au bout d'un moment qui parut interminable aux prisonniers, Albert revint seul vers eux et leur exposa son plan :ils seraient libres, une fois que leurs familles auraient acquitté leurs rançons.

Pierre, lippe retroussée, ne dit mot et considéra Albert avec un mépris non dissimulé. Il ressemblait encore plus au daguerréotype sévère qui servait de modèle à sa tenue.

Lamartine exposa sans ambages qu'il avait 60.000 francs de dettes, et qu'il ne voyait pas comment sa femme Maria Anna pourrait rassembler la moindre somme. Ses propres ennemis politiques seraient bien contents de sa disparition. Puis comme la situation s'y prêtait, le poète poursuivit :

« *J'ai trop vu, trop senti dans ma vie,*
Je viens chercher vivant le calme du Léthé.

Beaux lieux, soyez pour moi, ces bords où l'on oublie :
L'oubli seul désormais est ma félicité.

Le grand homme, sa main décharnée tendue vers le plafond de la grotte, semblait déjà un habitant d'outre-tombe que Lucile contemplait béate. Albert était effaré et ne savait que penser. Ce fut bien pis quand il se tourna vers Xavier : ce dernier se mit à chanter, qui plus est en allemand :

« *Hoff, o du arme Seele.*
Hoff und sei unverzagt !
Erwarte nur der Zeit
So wirst du shon erblicken
Die Sonn der schŒnsten Freud.

(Espère, pauvre âme, espère et sois intrépide ! Attends, seulement le temps, alors tu verras bientôt le soleil de la plus belle joie)

C'était une réminiscence d'un lied du XVIIe de Paul Gerhardt. Il l'avait appris dans son enfance de son bon maître de musique Jorot à Beaune, qui s'accompagnait d'un Stradivarius...Instinctivement, cette chanson lui était revenue en tête, et il n'avait rien trouvé de mieux pour mystifier Albert. Cela valait encore mieux, de son point de vue, que de lui dire que toute rançon de la part de sa famille était totalement exclue. Sa mère, dont l'avarice sordide était légendaire à Beaune, avait fait exhumer le cercueil de sa fille morte en 1834 à Paris pour n'avoir pas à renouveler la concession. Nuitamment, elle avait fait installer son cercueil dans sa chambre à coucher, à Beaune, où les restes de la pauvre sœur de Xavier demeurèrent là, jusqu'à ce que des voleurs, intrigués par ce coffre, l'ouvrent un jour et fassent éclater la vérité, six ans plus tard.

L'évêque, de son côté, la tête entre les mains, semblait complètement coupé du monde : priait-il ? préparait-il un exorcisme ? Impossible de le savoir.

Albert considérait avec perplexité ses prisonniers, et il commençait de se demander si vraiment il avait fait le bon choix de diligence. Entre ce vieux hibou qui se tenait raide et méprisant, ce poète insolvable et apparemment indifférent à la mort, cet autre fou, qui avait un regard d'halluciné et qui parlait germain, cet évêque mou et sans envergure, et cette pauvre fille, manifestement pièce rapportée, le doute commençait de s'insinuer dans son esprit. De plus, il avait trouvé les jumeaux attablés avec leurs prisonniers ; c'était proprement inquiétant, si la fraternité s'installait dans la grotte pendant que lui, au dehors, allait devoir trouver une solution, et négocier, mais avec qui ?

Pendant ce temps, à Ivry, dans la salle de l'auberge de Pannetier, qui était devenue son quartier général, le capitaine de gendarmerie, qui avait disposé son sabre dégaîné sur la table d'hôte, recevait messager sur messager qui lui rendaient compte de leurs missions. Sur les quarante-deux gendarmes et gardes nationaux, qui composaient le détachement d'Ivry, il avait eu du mal à en trouver cinq qui sachent lire et écrire, pour pouvoir consigner leurs interrogatoires sur leurs calepins. Il avait réussi quand même à composer cinq équipes d'enquête, qui rayonnaient dans les environs, tandis que le reste du détachement, par petits groupes, surveillait les routes et sentes, tendait des embuscades, observait, interrogeait les paysans rencontrés, mais en vain.

Pour l'heure, le capitaine, adossé à sa chaise qu'il avait basculée en arrière, écoutait, tout en contemplant la lame de son sabre, le rapport de deux gendarmes, qui s'étaient rendus jusqu'à Echarnant. Sur sa lame, le capitaine pouvait lire : *« L'Honneur me conduit »* et en la retournant sur l'autre face : *« Pour le salut de ma patrie. »* Il jouait négligemment avec la drageonne rouge de son sabre, lorsque les gendarmes lui rapportèrent que des charbonniers leur avaient dit qu'il existait bien à Echarnant un cheval alezan de couleur feu, qui semblait correspondre à la description des postillons. Ils s'y étaient rendus et la première chose qu'ils avaient vue dans un pré était un cheval feu, mais à la crinière, à la queue et aux extrémités noires. Son propriétaire, une sorte de paysan hautain et mal embouché, qui s'occupait de ses moutons quand ils étaient arrivés dans le village, leur avait confirmé qu'il n'avait que ce cheval bai et qu'il ne voyait pas d'alezan dans les environs. Une lueur brilla dans les yeux du capitaine :

– Avez-vous été voir ce cheval de près ?

Confus, les deux pandores durent avouer qu'ils ne l'avaient pas fait, n'en voyant pas la nécessité.

– Bandes d'abrutis, vous allez retourner immédiatement là-bas et voir si ce cheval n'a pas été teint, Si oui, vous me ramenez immédiatement ce berger mal élevé...

– Oui, chef, mais mon cheval est fourbu, il m'en faut un autre.

Effectivement devant l'auberge, la malheureuse bête, les membres raides, la respiration rapide, semblait souffrir. Un garçon d'écurie vint s'en occuper et le cheval partit d'une démarche mécanique, tressautante, comme un jouet d'enfant, le cou crispé et tendu, se laissant remorquer par le caveçon que tenait le palefrenier pour l'entraîner. « Il rase le tapis », délara sentencieusement le valet d'écurie et cela rendait bien compte du comportement de l'animal. En fait, en l'examinant de plus près, le valet se rendit compte que la bête souffrait d'un éparvin, sorte de tumeur dure à la face interne du mollet droit, ce qui lui donnait cette démarche particulière.

Dans la salle d'auberge, Jean-Baptiste Pannetier s'était approché du capitaine, qui rageusement s'était mis à bourrer une pipe. Sans mot dire, Jean-Baptiste sortit de sa poche une blague à tabac en vessie de porc huilée, s'installa en face du capitaine, mais au lieu d'utiliser une pipe, il se servit de papier, comme il avait vu faire peu de temps auparavant à un voyageur espagnol. Ce dernier lui avait ainsi appris que l'on pouvait se passer de pipe et se confectionner ce qu'il appelait des « sigards », aussi agréables à fumer à l'aide de papier roulé...Il lui avait même raconté qu'en Andalousie, des filles superbes, à demi-nues, roulaient sur leurs cuisses des feuilles de tabac, que l'on commençait de récolter là-bas, et qu'on pouvait ainsi fumer ces feuilles de tabac directement, une fois séchées. Mais toutes ces fariboles n'intéressaient pas le gendarme.

Le capitaine était sur des charbons ardents. La région entière était maintenant au courant. Le Préfet de Dijon lui avait notifié des instructions vigoureuses et demandait des résultats rapides. Des familles de prisonniers avaient pris place dans l'auberge et ne cessaient de le harceler au sujet de ses recherches, toujours désespérément stériles ; d'autres s'étaient annoncées. Il avait déployé devant lui une carte d'Etat-major, la Carte de Cassini, encore en usage, dont les dessins fantaisistes, biefs, moulins, forêts stylisées, pieds de vigne imagés, clochers et habitations ponctuaient la surface dépliée de leurs aimables graphismes. Avec Jean-Baptiste et l'instituteur, il pointait sur la carte les villages explorés par ses hommes, au fur et à mesure que ses envoyés revenaient lui rendre compte.

– Voyons, s'ils ne sont pas retenus dans un village, ils doivent l'être dans un abri naturel, grotte, ou souterrain ou encore dans des cadoles ou cabanes de bergers, ou dans un bâtiment isolé. Qu'est-ce que vous voyez dans les environs ?

– Eh bien, fit l'instituteur, je ne vois guère que la grotte de Saint-Romain, dans les environs immédiats.

Nous nous y réfugiions étant enfants. Elle pourrait bien contenir une vingtaine de personnes, ou alors, un peu plus loin au sud, voyez, en pleine forêt, l'abbaye de Sainte-Marguerite, qui a été détruite à la Révolution, mais qui conserve de beaux restes, susceptibles d'abriter du monde, ajouta l'homme de lettres avec une nuance de regret dans la voix.

Il fut interrompu dans son discours par un bruit inattendu sur la place. Des forains étaient arrivés et avaient installé un limonaire devant l'église. Ils l'avaient aussitôt mis en action pour attirer les chalands et, tandis que les feuillets troués de la partition se déroulaient et disparaissaient lentement par plis succesifs avalés par l'engin, son propriétaire, tournant la manivelle avec application, fixait droit dans les yeux un garde national venu lui intimer l'ordre d'avoir à cesser ce vacarme. Plusieurs bohémiens s'étaient attroupés autour des deux hommes, ainsi que des habitants d'Ivry, enfin ravis de voir autre chose que des hommes de troupe dans leur village. Le garde, son fusil anglais en travers de la poitrine, s'énervait et se sentait environné de regards hostiles. Aussi, n'insista-t-il pas, et le limonaire reprit de plus belle son appel lancinant. Tous les enfants du village étaient là, babillants, heureux, ouvrant de grands yeux devant les pauvres animaux que l'on sortait un à un de leurs cages. Ours au groin enserré de métal et tenu par une chaîne, singes savants, coiffés de chapeaux d'Arlequin, chevrettes attelées à de minuscules charrettes. Des colporteurs accompagnaient les artistes, essayant de placer leurs marchandises : fils, lainages, bobines, aiguilles, almanachs, mouchoirs, petites pièces d'étoffes, chapelets, bijoux en verroterie. Même les tixiers des environs, L'Azée de Saussey, le Moloné d'Ecutigny, le Lambleutte de Lusigny, accompagné du Gustel, tous avertis par on ne sait quel canal, s'étaient donné rendez-vous sur la place et installaient leurs tréteaux pour trois jours consécutifs les 7, 8, et 9 mai pour la Saint-Désiré, la Saint-Germain et le bouquet final, la Saint-Gordien.

– Je vous fais servir une jalée* de vin pour deux, annonça Jean-Baptiste Pannetier, pendant que vous réfléchissez. Moi il faut que j'aille porter le courrier du chemin de fer. Il fit signe à l'un de ses valets de soutirer un carafon de vin d'une ballonge* chevalée sur ses mares* dans un angle obscur de la pièce. Depuis peu, en effet, il était prévu un courrier pour Pont-d'Ouche qui servait essentiellement aux intérêts de la Compagnie, mais dont la charge incombait au Maître de poste d'Ivry. Il devait deux fois par semaine, aller relever le coffre à correspondance du wagon de queue, dont il était le seul à détenir la clef, et y glisser en échange le courrier destiné à Pont-d'Ouche, au terminus provisoire de la voie, à proximité du canal de Bourgogne, où le charbon des mines d'Epinac était chargé à destination de Paris et des fours lorrains.

Sur le champ, le capitaine décida d'aller lui-même visiter la grotte de Saint-Romain. Telle qu'elle lui apparaissait ainsi sur la carte des frères Cassini, face à l'ouest, au pied de la muraille occidentale des Chaumes d'Auvenay, elle lui semblait convenir parfaitement pour une cachette de choix. Il plia soigneusement sa carte selon les plis de la toile ferme à gros grains qui la doublait, la glissa dans la fonte de son cheval. Coiffant son bonnet à passe-poil, ajustant ses épaulettes, il enfourcha son cheval isabelle à qui fut retirée sa mangeoire d'avoine. Accompagné de deux gendarmes, fortement armés, et d'un valet d'écurie connaissant bien les environs que lui avait recommandé Jean-Baptiste, il partit par le chemin de La Rochepot au petit trot.

En contre-bas du « ver » d'Ivry, les toits de tuiles du château de Coraboeuf pointaient à travers les frondaisons fleuries de cette fin de printemps.

– Maintenant, ils liment leurs étrilles, déclara le valet à l'officier, en désignant le château. Les propriétaires, les Richard d'Ivry, venaient en effet de perdre un procès interminable qui durait depuis 175 ans avec la Commune au sujet des Communaux, commencé sous Louis XIV ! Par cette expression, le valet entendait que la famille du Marquis allait devoir patienter avant de reconstituer son patrimoine. Un peu plus haut, sur le plateau, alors que le petit groupe longeait un champ, où un journalier était occupé à labourer, le même valet observa à nouveau d'un ton gouailleur :

– Il use le soleil, l'Grand Bognant...

– C'est-à-dire ? s'enquit amusé l'officier.

– Cela veut dire qu'il fait semblant de travailler. regardez comme il passe sa charrue : il laboure raie sur sol, comme cela c'est plus vite fini, et l'on est plus vite payé. En prenant large, avec l'oreille de la charrue et en faisant courir un peu les chevaux, le soc rejette le sillon juste sur le sillon d'avant en recouvrant ce qui n'a pas été vraiment labouré entre les deux raies... Il n'y a plus qu'à s'en aller vite et à se faire payer par le malheureux propriétaire...

L'officier considéra avec un peu plus d'attention le valet peu ordinaire que lui avait confié Jean-Baptiste et lui demanda son nom :

– Je m'appelle Tiénot, surnommé le Tiercelet, et mon fils, qui est beaucoup plus bavard que moi est déjà surnommé La Gazette par les voisins...Je pense qu'il deviendra célèbre plus tard, parti comme il est. Ses petits amis, de leur côté, l'ont déjà surnommé le Pape des Escargots, à cause de son amour forcené de la nature et des escargots de vigne qu'il fait cuire sous la cendre...

Tandis que les gendarmes étaient éparpillés dans toutes les directions, tandis qu'à Echarnant, près de son manoir en ruine, Albert se félicitait d'avoir passé les crins de son cheval au brou de noix, et qu'il réfléchissait à la suite à donner à son entreprise, les choses évoluaient de bien curieuse manière dans la grotte du Peut Trou.

La physionomie des prisonniers avait changé sensiblement : les barbes avaient poussé et mangeaient le visage des quatre captifs, mais leur moral était loin d'être entamé. Pierre Joly, dont la veste était sérieusement fripée, affectait narquoisement de s'abîmer en prières devant le Christ de Christine de Suède que les deux jumeaux considéraient avec une sorte d'effroi superstitieux : les deux diamants incrustés dans les orbites de la tête de mort, qui servait de piédestal au Christ, brillaient étrangement dans la demi-obscurité de la grotte, les fixant comme un vivant reproche à leur infamie.

Xavier Forneret, superbe et guindé, monologuait tantôt des vers de Virgile sur les abeilles, tantôt des lieds allemands, et refusait tout contact véritable avec ses geôliers. De temps à autre, il opérait de brusques et dangereux moulinets avec sa canne à pommeau d'argent.

Quant à Alphonse, sa redingote souillée de boue, accroupi sur un massif glaiseux, il griffonnait avec ardeur, dans son petit carnet noir, de longues rimes, qu'il alignait de sa fine écriture penchée. Par moment, levant les yeux au plafond de la grotte, il cherchait son inspiration dans les stalactites. A d'autres instants, il se relisait, débitant d'une voix d'outre-tombe des bribes totalement incompréhensibles pour le commun des mortels.

De son côté, Lucile vaquait, aussi à l'aise que si elle était chez elle, un vague sourire aux lèvres, dégrafant à éclipses son corsage, et contemplant avec étonnement ses aréoles rougies par les soins du poète.

L'évêque, quant à lui, ne se reconnaissait plus qu'à sa coiffe, dont les glands chamarrés s'agitaient, et bénissait avec componction les brigands à chacune de leurs entrées, ce qui les irritait profondément.

La tension montait donc, mais pas chez les otages : dès que les bandits s'éloignaient quelque peu et étaient hors de portée de leurs voix, les quatre acolytes échafaudaient des plans d'évasion : après avoir envisagé plusieurs hypothèses violentes, ce fut au tour de l'Homme Noir de proposer une solution.

Il avait un plan ingénieux pour s'évader en douceur : il avait en effet remarqué l'effet lénifiant que la poésie du grand homme, son collègue en littérature, exerçait sur leurs geôliers. Ils avaient failli s'endormir une première fois à l'écoute des strophes ésotériques d'Alphonse. Ce n'était pas avec son opéra, « L'Homme Noir », ou avec ses virulentes « Lettres à Dieu », que cela risquait d'arriver, mais, c'est en ayant malicieusement observé le surprenant effet des strophes d'Alphonse sur les bandits qu'il s'était dit qu'il y avait peut-être là une ressource à exploiter. Il s'en ouvrit à ses compagnons. Alphonse le prit d'abord assez mal, puis il convint que sa poésie était plutôt absconse pour les gens du peuple et réservée à une certaine élite.

Il fut donc décidé d'inviter à nouveau le soir même les bandits, de les pousser à se remplir la panse au-delà du raisonnable, et ensuite de se relayer insidieusement à tour de rôle pour les empêcher de dormir la nuit durant. Au matin, on chargerait Alphonse de leur donner le coup de grâce avec l'une de ses « Méditations » bien sentie, et l'on tâcherait de s'emparer de leurs armes à la faveur de leur assoupissement.

Les premiers points du programme furent scrupuleusement remplis : des bardanes et des salsifis sauvages, que l'un des jumeaux était allé ramasser, améliorèrent l'ordinaire, qui furent suivis d'une étouffante pâtée de « treuffes » mélangées au fromage et d'une ventrée de baies sauvages, elles aussi recueillies par les jumeaux, qui étaient décidément hommes de ressources.

Après quoi, Pierre s'acquitta de son rôle en racontant des histoires de vignerons jusqu'à minuit. Puis ce fut le tour de Xavier, qui leur distilla avec de grands effets de voix « L'Homme Noir », puis « Deux Destinées », drame en cinq actes, puis « Vint-Trois Trente-Cinq », comédie-drame, qu'il connaissait quasiment par cœur. L'évêque lui succéda, qui se surpassa dans un sermon digne de Bossuet, avec des redondances superbes.

Enfin, à l'aube, clef de voûte de la machination, Alphonse vint prendre place devant les jumeaux, les fixant à tour de rôle dans les yeux, avec un regard d'hypnotiseur qui les transperçait, et commença d'une voix sépulcrale et lente :

« Son front est couronné de palmes et d'étoiles
Son regard immortel que rien ne peut ternir,
Traversant tous les temps, soulevant tous les voiles,
Réveille le passé, plonge dans l'avenir !
Du monde sous les yeux les fastes se déroulent,
Les siècles à ses pieds comme un torrent s'écroulent ;
A son gré descendant ou remontant leur cours,
Elle sonne aux tombeaux l'heure, l'heure fatale,
Où sur sa lyre virginale
Chante au monde vielli ce jour, père des jours !«

Les têtes des bandits dodelinaient doucement et leurs paupières commençaient d'avoir de brusques raptus...

Alphonse continua d'un ton plus bas, et de plus en plus lentement, esquissant des gestes lents et compassés de sa main décharnée :

« Ecoutez ! Jéhova s'élance
Du sein de son éternité.
Le Chaos endormi s'éveille en sa présence ;
Sa vertu le féconde, et sa toute-puissance
Repose sur l'immensité !

L'effet dépassa toutes les espérances : les jumeaux presque ensemble glissèrent sur le côté, et se mirent à ronfler doucement, « soufflant dans le son » de concert avec une belle application.

Alphonse continua, pour faire bonne mesure :

« Maintenant dans l'oubli je dormirai encore,
Et j'achèverai mon sommeil
Dans cette longue nuit qui n'aura pas d'aurore,
Avec ces conquérants que la terre dévore,
Avec le fruit conçu qui meurt avant d'éclore
Et qui n'a pas vu le soleil.
Mes jouours déclinent comme l'ombreu, je...«

Le poète, à son tour, avait sombré dans le sommeil, pris à son propre piège, et bascula sur le flanc. Ce fut Lucile, observant la scène de loin, qui se leva sans bruit, se déchaussa, et s'en vint, pieds nus, s'emparer doucement des mousquetons de Castor et de son frère, aidée de l'évêque soudain très agile. Les bandits ne se réveillèrent même pas, et, tous les prisonniers ensemble, après avoir tiré Alphonse de sa léthargie, s'échappèrent de la grotte sans bruit, glissant en souplesse jusqu'au lit du ruisseau qui courait en contre-bas, en ayant bien soin de poser leurs pieds délicatement sur les pierres moussues et sur les surfaces terreuses. Tant qu'ils n'étaient pas hors de vue de la grotte, ils redoutaient par dessus tout de mettre le pied sur une branche morte, qui aurait pu casser bruyamment, ou de froisser du feuillage, ce qui aurait pu réveiller leurs geôliers.

Ce fut sans encombre qu'ils arrivèrent au bas du vallon, toujours en pleine forêt. Ils ignoraient complètement où ils pouvaient se trouver, mais en suivant le cours du ruisseau vers l'aval, ils débouchèrent bientôt sur une belle prairie ensoleillée, brillant au petit matin de toutes ses gouttelettes de rosée. Le coin était encore sauvage, environné de feuillus denses qui montaient à l'assaut des pentes de chaque côté du vallon, mais le tintement proche d'un carillon leur fit chaud au cœur : ils avaient retrouvé la civilisation, et ils étaient libres.

Au détour du pré, ils aperçurent un ravissant ermitage clos de murs en pierres sèches, accroché à mi-pente sur la droite, entouré d'un jardin de simples : la menthe en abondance, le romarin, le thym et de nombreuses autres herbes, qu'ils ne purent identifier, embaumaient l'air. Tous ces buissons d'aromatiques bourdonnaient et bruissaient de « mouches » qui butinaient déjà avec ardeur. Le frère convers, qui était accroché à son carillon, s'interrompit et vint à leur rencontre. Il leur apprit qu'ils étaient à l'ermitage de la source de l'Ouche, dédié à Saint-Symphorien, et qu'ils étaient les bienvenus. Du lait de chèvre chaud, du miel toutes fleurs, des noix et des noisettes sauvages constituèrent leur premier « goûter » de liberté.

Epilogue

Les voyageurs réconfortés se firent indiquer le chemin du village le plus proche, Lusigny, où ils rencontrèrent une patrouille de gendarmes. Ils se firent connaître et, aussitôt, deux militaires partirent au galop prévenir leur chef à Ivry. Mais, arrivés là, ils apprirent qu'il était revenu bredouille de son expédition aux grottes de Saint-Romain et qu'incontinent, il était reparti avec deux de ses hommes à Echarnant pour éclaircir cette histoire de cheval alezan fantôme.

Dans le même temps, Albert remontait songeur le vallon du Bas-de-Loque, méditant quelle conduite il allait pouvoir adopter vis-à-vis de ses étranges prisonniers. Se sentant peu en sécurité depuis le passage inquisiteur des gendarmes à sa ferme, il envisageait de recourir aux bons offices de son ami Lagrange, le meunier de Montceau. Il avait dormi quelques heures en plein bois, épuisé par ses incessants déplacements, et avait été réveillé par les piaillements d'une agasse insolente*, dont le plastron blanc et la queue noire oscillante l'avaient un instant amusé. Reprenant sa route vers Echarnant, il avait ramassé une poignée de bistortes* dont les épis roses avaient attiré son attention, se promettant d'en faire cuire les tubercules une fois rentré chez lui. C'était l'un de ses régals.

Aux approches d'Echarnant, dont les toits de laves se fondaient dans le paysage, il passa sous un merisier en fleurs, dont le vent arrachait des flocons blancs, tournoyant tels des plumes de volaille blanche : « la neige du coucou », pensa-t-il, en homme des bois. Il fut tiré de sa rêverie par l'arrivée d'un jeune garçon essoufflé, le fils des Larcher, qui exploitaient la ferme des Levées :

– Albert, les gendarmes sont là, qui t'attendent, chez toi.

Le gamin avait le visage grêlé de taches de rousseur. Dans le village, on avait coutume de dire qu'il « avait soufflé dans le son » au moment de sa naissance. A cette évocation, Albert sourit faiblement, mais il avait compris qu'il avait perdu la partie : en effet, trois chevaux étaient à l'attache devant le seuil de son triste manoir, et plus grave, dans le « salon des vaches », son écurie, trois hommes entouraient son alezan, et l'un d'eux, muni d'un chiffon humide, était en train de lessiver les crins et la somptueuse queue de son coursier. Les mains teintées de brou de noix du gendarme étaient suffisamment éloquentes pour se passer d'accusations superflues.

Sans mot dire, il se constitua prisonnier, se laissa emmener à Ivry, à pied, menottes aux mains, soigneusement surveillé par le capitaine qui le dominait du haut de sa monture, le mousqueton à la saignée du bras, et poussé par un gendarme à pied, baïonnette au canon. A distance, un troisième gendarme à cheval serrait la marche. A l'arrivée à Ivry, le groupe croisa trois enfants de chœur en surplis qui agitaient des crécelles et chantaient :

– Habillez-vous en noir en gris, c'est le curé qui l'a dit. Voilà le dernier coup de la messe qui sonne.

Le curé d'Ivry avait profité de ces événements, qui avaient attiré nombre de curieux sur place, pour remettre en pratique une coutume perdue dans l'oubli.

Les gendarmes à cheval avaient déjà annoncé l'arrivée prochaine des otages et c'est sous les huées qu'Albert, baissant la tête, fut poussé sans ménagement à l'intérieur du relais pour y subir un premier interrogatoire. Il choisit de rester muet et de ne répondre à aucune question. Transféré à Dijon, son silence obstiné constitua son seul système de défense. Il persista à refuser de répondre à quelque question que ce fût. Il dénonça encore moins ses compagnons, qui ne purent jamais être identifiés. Il fut condamné aux travaux forcés à perpétuité et emmené à Cayenne, et plus jamais personne n'entendit parler de lui. Tout le butin fut récupéré chez Albert.

Alphonse de Lamartine prit place dans la diligence et regagna Saint-Point ; Pierre Joly, qui avait à faire à Chalon s'y arrêta avec son épouse, Xavier Forneret obliqua sur Beaune, où il retrouva son épouvantable mère. Lucile et Jeannot, ainsi que le prévôt de Louhans, s'embarquèrent à Chalon accompagnés des autres voyageurs dans le coche d'eau vers Macon et Lyon, le patriarche de Pervy rejoignit sa Communauté, après s'être fait immortaliser par Daguerre à Chalon, chevauchant le céléripède de Niepce ; ses compagnons de la Communauté s'étaient d'ailleurs déjà mobilisés, et un groupe d'entre eux, armés jusqu'aux dents, avaient pris la route d'Ivry, bien décidé à retrouver leur patriarche par tous les moyens. Leurs retrouvailles se firent dans l'allégresse au relais de Chalon.

Tous les voyageurs pendant longtemps se souvinrent de leur équipée...

Postface

Quelques données documentaires concernant cet ouvrage :

Les diligences en service en 1840 comportaient quatre compartiments différents :

A l'avant, la **Banquette,** où se tenait le conducteur représentant de la Compagnie, qui accompagnait le véhicule durant tout son parcours, alors que les postillons changeaient à chaque relais auquel ils étaient attachés, ramenant après chaque étape l'attelage dont ils étaient responsables ; sur la banquette, restaient libres deux places qui pouvaient être occupées par des passagers, à prix réduit.

Immédiatement derrière la banquette, le **Coupé,** sorte de cabine de première classe, où étaient logés trois ou quatre voyageurs de qualité.

Derrière le coupé, l'**Intérieur,** auquel on accédait par une portière différente, et où trouvaient place six autres voyageurs ordinaires.

Enfin, à l'arrière de la voiture, la **Rotonde,** surélevée, à accès séparé elle aussi, exposée aux intempéries, comportait une seule banquette, où pouvaient trouver place trois autres passagers de classe secondaire.

Pierre-Just Joly de Morelet, (1772-1859) Receveur de l'Enregistrement à Dôle, descendant d'une longue lignée de conseillers des Ducs de Bourgogne ; il fit une carrière de fonctionnaire fiscal, et accumula une fortune considérable qui fut dilapidée par son gendre en quelques années seulement. Le patrimoine échut à mon aïeul par mariage, qui s'intitulait rentier, et ne laissa à sa fille Reine qu'un domaine agricole fort mal géré à Montceau-et-Echarnant. Pierre-Just Joly est l'auteur d'un Livre-de-raison, où il relate la vie entière de sa famille.

Sa femme, Marguerite Clerget (1776-1799), fille de gros propriétaires terriens de la région de Dole.

Alphonse de Lamartine (1790-1869), poète romantique, à l'œuvre diversement appréciée, mais aussi homme politique, avec tout ce que cela suppose de compromissions, tantôt royaliste, tantôt républicain, homme d'affaires désastreux, exploitant agricole brouillon, il dilapida son patrimoine allègrement. Malgré des secours financiers considérables, de scandaleuses prébendes de l'Etat, des fonctions de complaisance, les largesses du roi de Syrie, des subventions nationales, etc..., il mourut tristement seul, à Paris dans l'indifférence la plus complète. Il avait écrit à Pierre Just Joly, au moment de sa détresse financière, la lettre inédite que nous donnons en annexe.

Xavier Forneret, (1809-1884), romancier, dramaturge, dandy, poète beaunois complètement farfelu, précurseur de nos surréalistes modernes, plus connu sous le nom de « l'Homme Noir », titre d'une pièce de théâtre célèbre qu'il produisit à Dijon où elle fit scandale, après une campagne de publicité tout à fait inhabituelle pour l'époque.

Il était par ailleurs propriétaire de vignes et de maisons de rapport à Beaune, dont il ne profita réellement qu'après la mort de sa mère, véritable harpie.

Benoît Carré, voiturier d'eau, a réellement existé : propriétaire de nombreuses gabarres et plates sur l'Yonne et la Loire, et en même temps négociant, en perpétuel déplacement ; il arrivait très souvent aux voituriers de convoyer leurs bateaux jusqu'à Paris ou à Nantes, et de vendre sur place chargements et bateaux. Ils revenaient ensuite chez eux par la voiture-de-poste. Benoît Carré fut Syndic des Mariniers de Loire.

Denis Quinard, (1758-1847), agent voyer à Beaune, s'est signalé par ses démêlés sans fin avec la Municipalité de cette ville, qui lui reprochait son incompétence légendaire, qui reste à prouver : ne lui a-t-on pas attribué la paternité d'une maison de Beaune, dans le faubourg de Bouze qu'il aurait conçue sans escalier ! ! !

Jean-Baptiste Pannetier (1787-1869), Maître de la Poste-aux-Chevaux d'Ivry, gros propriétaire terrien, maire d'Ivry de 1837 à 1840 ; il avait succédé dans sa charge de maître de poste à son père, Jean, en 1819. Les lointains ascendants des Pannetier se situent à Mercœur, dans l'arrière-côte bourguignonne. Il a laissé un Livre de Relais de poste, où sont consignées les doléances des clients, que nous avons utilisé.

Jean Villiers, maréchal-ferrant à Montceau, dernier descendant d'une longue lignée d'artisans, tous maréchaux de père en fils, fréquemment sollicités pour les arpentages avant l'apparition des géomètres, et requis aussi par les villageois pour les inventaires après décès. Ses descendants ont été notaires à Digoin de père en fils.

On trouvera en bibliographie les différentes sources utilisées.

Expressions particulières et mots patoisants

Ajasses = ancres ; à l'arrière du bateau, l'étambot reposait sur une « semelle » qui servait à l'assemblage des bordés ou bords et du fond ou « fonçure »

Agasse = Pie

Anspect = Levier garni d'une armature de fer pointue

Arguinait = Excitait

Ballonges = Tonneaux ou barriques

Biaudes = Vastes blouses, très couvrantes, vêtement traditionnel des morvandiaux

Bidet = Cheval seul

Bistorte = Plante des prés au rhizome tordu parfaitement comestible

Bue = Lessive : dans les familles des « laboureurs », on coulait la bue, ou la buée deux fois par an, après Pâques et juste avant l'hiver

Cabillotes, fournetieres = Pièces de bois et de métal servant à confectionner des pièges

Charivari = Culotte de peau de cuir à boutons

Chopper = Boiter

Christ de Christine de Suède = Ce crucifix est maintenant conservé dans le coffre du Directeur du CHU de Dijon

Crapiauds, tatasses, grosses crêpes truffées de fruits secs

Déjeuner (matin), dîner (midi), souper (le soir) étaient les trois repas principaux de la journée

Dépiauler = Enlever la peau

Eplues = Etincelles faites de particules de charbon incandescentes

Erouelles = Base du cou

Ganache =blouse de paysan

Fayards = Hêtres

Frigousser = Frire en grésillant

Huches = Coffres de rangement

Jalée = Grosse flasque de verre

Lauzes = tuiles confectionnées à partir de pierres brutes, couverture traditionnelle des Hautes Côtes beaunoises

Manouvrier : au bas de l'échelle sociale rurale, on trouvait les « manouvriers » ou « journaliers », qui possédaient au plus un jardin potager annexé à leurs demeures, et qui s'employaient à la tâche ou à la journée ; puis les « laboureurs », qui possédaient au moins un attelage, exploitaient en « faire-valoir » direct leurs champs, et arrivaient à vivre normalement, tout en se louant de temps à autres aux « marchands » ; ces derniers, souvent grands propriétaires terriens, possédaient en propre deux à cinq cent hectares, exceptionnellement plus, et donnaient leurs terres à fermage ou mieux à métayage, où leurs métayers utilisaient matériel et attelages leur apppartenan

Mares = Tréteaux

Margottin = Petit fagot, terme morvandiau

Meigle = Outil triangulaire et recourbé du côté

du manche servant à labourer la vigne dans les terrains trop pierreux

Myriamètres = 10 kilomètres

Muserolles, Culerons = Pièces de harnachement de la tête et de la queue des chevaux

Panouille = Sommité de maïs débarassée de ses grains, synonyme de demeuré

Patouillet = Bassin de décantation pour le minerai de fer. Il en existait une bonne cinquantaine dans la région en 1840

Poulangis = Sorte de droguet de drap grossier en laine et fil fabriqué à Auxerre

Poterie cordée du néolithique, époque dont la grotte du Peut Trou est l'un des plus anciens sites du Beaunois

Raisiné ou raisinet = Sirop obtenu en faisant réduire du vin doux à petit feu, boisson spécifique des bords de l'Yonne autrefois

Râpe = Boisson obtenue en jetant de l'eau sur du marc de raisin

Revorchait = Réveillait

Seurlées = Murées couvertes d'arbrisseaux

Tec = Soue à cochon

Tixiers ou tisserains = Tisserands, il y en avait un ou plusieurs dans chaque village bourguignon

Topes = Sortes de landes ou de friches incultes à la limite de la forêt, où ne poussent que quelques arbustes rabougris, genévriers, ronces, noisetiers grêles, cornouillers

Ver = Chemin en pente forte

Vrisse = Corde longue et résistante

Lettre inédite de Lamartine à Pierre-Just Joly de Morelet

Paris Ier février 1849 Monsieur,

Les rapports de bienveillance intellectuelle et quelquefois cordiale qui s'établissent naturellement entre l'écrivain et le lecteur m'autorisent peut-être à vous adresser et à vous recommander le prospectus ci-joint de mes œuvres choisies retouchées, augmentées, éditées par moi-même.

Si je n'ai pas trop présumé, Monsieur, de votre indulgence pour ces faibles écrits, j'ose vous prier de lire ce prospectus, de le répandre autour de vous, de vouloir bien recueillir les noms des souscripteurs qui répondront à cette pensée et de me les transmettre.

Je n'ai pas besoin Monsieur, de vous dire que votre nom inscrit sur les pages de ce travail littéraire, le sera surtout dans mon souvenir,

Al. d. Lamartine

P.S. Je vous prie d'adresser les lettres et listes de souscriptions, franc de poste, à M. de Lamartine, N° 82 rue de l'Université, à Paris.

Sources

Jacques BORGE et Nicolas VIASNOFF
Archives de Bourgogne
Balland, 1980

Emile BUDIN
Mon Village, Monographie d'Ivry-en-Montagne, Masseboeuf, 1965

COURTEPEE et BEGUILLET
Description générale et particulière du Duché de Bourgogne
Paris, 1857

Remy-Joseph FRANCOIS
Bourgogne de Naguère
Guenegaud, 1971

François GUIZOT
Memoires pour servir à l'Histoire de mon temps
Paris, 1857

JOUHAUD
Deux projets sur le maintien des Postes en France, Dufaure, 1843

Hilaire LE GAI
Almanach perpétuel des Jeux
Passard, 1855

Alphonse de LAMARTINE
Premières Méditations
Bordas, Paris, 1965

Emile MAGNIEN
Avec Lamartine en Bourgogne
La Taillanderie, Bourg-en-Bresse, 1988

François MORTUREUX
Xavier Forneret, Centre Beaunois d'Etudes Historiqures, 1984

Pierre NOUGARET
Histoire de la Poste en Bourgogne, Mémoires des l'Académie des Sciences, Arts et Belles Lettres de Dijon, Tome CXIII, 1960

Edme de La POIX DE FREMINVILLE
Dictionnaire ou Traité de la Police Générale des Villes, Bourgs, Paroisses et Seigneuries de la Campagne, Gissey, 1769

RESTIF de La BRETONNE
La Vie de mon père, A Neufchâtel, et se trouve à Paris, Chés la Veuve Duchesne, libraire rue Saint-Jacques, au Temple-du-Goût, 1779

Christian THEVENOT
La France et ses Trésors, La Bourgogne
Larousse, 1987

Eugène VAILLEE
Histoire des Postes, P.U.F.1946

Henri VINCENOT
La vie quotidienne des paysans bourguignons au temps de Lamartine, Hachette, 1976

Livre de Poste pour l'An 1840, Paris, Imprimerie Royale, 1840

Extrait de l'Instruction générale sur le Service des Postes, Imprimerie Royale, 1833

L'Albert Moderne ou Secrets Eprouvés et Licites
Veuve Duchesne, 1768

Musée de la Poste d'Amboise

Registre d'Ordre et de Police du Relais d'Ivry
1830-1869 (Archives personnelles)

Lettre inédite de Lamartine à Pierre Just Joly le Ier février 1849 et prospectus joint
(Archives personnelles)

Livre de Raison de Pierre Just Joly de Morelet, manuscrit, 1850 (Archives personnelles)

Table des matières

Achevé d'imprimer
en mai 1993
par IMPRIMERIE LIENHART
à Aubenas d'Ardèche

Dépôt légal mai 1993
N° d'imprimeur : 6114